D E A R + N O V E L

15センチメートル未満の恋

砂原糖子
Touko SUNAHARA

新書館ディアプラス文庫
S H I N S H O K A N

目次

15 もうチンメートルの選択の段

15センチメートルの選択の段 ……………………………… 5

イラストレーション／南野ましろ

15センチメートル未満の恋

「まず、最初にはっきりさせておきたいことがある。これは夢だ。それについて譲《ゆず》る気は毛頭《もうとう》ない。何故なら、議論する余地はないからだ」

雪見有一《ゆきみゆういち》は途方に暮れつつも、力強い声でそう言った。

人間、窮地《きゅうち》に陥《おちい》ったときこそ真価《しんか》が問われるもので、雪見にとっては今がまさにそのときだ。といっても、雪山で遭難《そうなん》したわけでも、災害に見舞われたわけでもない。事態はもっと深刻、かつ馬鹿馬鹿しい状況だった。

目が覚めると毒蜘蛛《どくぐも》になっていたなんて有名な小説があるけれど、雪見もまた目が覚めると形状が変化していた。毛むくじゃらの足が不気味に八本生《は》えたりはしなかった代わりに、不条理なことに体が小さくなっていた。

身の丈《たけ》は十五センチ程度、およそ五寸足らず。一寸法師よりは遙かに大きいが、某《ぼう》、目玉のオヤジとは大して変わらないかもしれない。

あろうことか手のひらサイズ。体が小さく縮《ちぢ》んでしまったんである。

有り得ない。本当にどこまでも有り得ない状況であるから、導《みちび》き出《だ》される結論は一つだ。

「これは夢だ。揺るぎなく、一分《いちぶ》の隙もなく夢だ。よって問題解決に向けてすべきことは、『どうやって目を覚ますか』、この一点にかかっていると思う。おまえ、ここまででなにか異論はあるか？」

雪見は、大学時代の同級生である伏木野円《ふしきのまどか》という男と共に美術館にいた。

「いや、べつに」

隣に並んだ男は、むすりとした顔に、ぶすりとした腹に響く低い声で応《こた》える。

隣にいるというよりも、目の前に聳《そび》え立《た》つ人の形を成《な》した山だ。階段の踊り場の縁《ふち》に腰をかけ、背中を丸め気味に頬杖《ほおづえ》をついたその姿は、一人だけ小さくなってしまった雪見には黒山のように大きく見える。

大学を卒業して実に四年ぶりの再会だった。伏木野は見慣れない黒っぽいスーツ姿だったが、その中味の体軀《たいく》はほとんど変わりない。身長はおそらく百八十台後半で、筋肉質なため、体重もおそらく常人より遙かに上だ。親しい仲でもなんでもないので『おそらく』づくしだけれど、大柄な男なのはまず間違いない。

普通にしてたって大きいのに、この非常識な存在感ときたらどうだ。

円なんて可愛《かわい》らしい名前はこれっぽっちも似合わない、顔も至って強面《こわもて》の男だ。

二人がいるのは、二階の展示室から一階へと続く階段上だった。夢だからか、周囲に人の気配を感じない。吹き抜けのホール内に伸びた開放的な階段は、見上げれば天窓《てんまど》に沈みかけた日の残光《ざんこう》が見える。なかなかに美しい夏の夕焼け空だったが、そんなことは正直どうでもいい。

元はビルの五階程度の高さに見えていた天窓が、今や雪見にはその何倍も遠く映る。

「よし、じゃあ早速《さっそく》夢から目を覚ます方法を検討《けんとう》、実行しよう」

雪見は、涼やかだが神経質そうな細面《ほそおもて》の顔から、雰囲気に見合った硬い声を発した。何事も理路整然《りろせいぜん》、筋が通っていないと落ち着かない性分《しょうぶん》だ。

この宣言に辿《たど》り着《つ》く以前に、なにもしていなかったわけではない。目が覚めて、まずはパニック。一頻《ひとしき》り驚愕《きょうがく》して大騒ぎをしたのち、これは夢だろうと自分で頬をつねってみたり、伏木野につねってもらおうとして、捻《ひね》り殺《ころ》されそうなその指の大きさに『ぎゃっ』と情けない悲鳴を上げてみたり。それなりに『人が突然小さくなった』際に取るであろう行動は網羅《もうら》していた。

原因はなんとなく判っている。

雪見は小さくなって目を覚ます直前、この階段から勢いよく落下していた。どうやら意識を失ったらしく、目が覚めると途中の踊り場に寝転がっていて、小さくなった自分を伏木野が見下ろしていた。

これが夢であるのなら、目が覚めたと思ったところからが夢で、つまり未《いま》だ本当の自分は意識を失ったままなのではないのか。

打ち所が悪く、昏睡《こんすい》状態。眠りが深いあまり、やけに鮮明で奇妙な夢を見ているのかもしれない。

しかしそうなると、心配なのは現実の自分だ。今にも死にかけてやしないか不安になる。

早く目覚めなくては。

「やっぱり一番妥当《だとう》なのは、同じ状況を繰り返してみること…だろうな。もう一度階段から落ちればスムーズに目が覚める気がする」

古今東西《ここんとうざい》、そう決まっている。記憶喪失然《しか》り、ラベンダーの香りと共にタイムスリップした少女然り。いずれもフィクションなのが気になるところだけれど、今の状況だって充分非現実的なのだからやってみる価値はある。

雪見は踊り場の縁に近づいた。てってっと間抜けな音のしそうな走りで小さな体を動かし、眼下に続く階段を見下ろす。

想像以上に異様な世界が広がっていた。階段の一段が身の丈ほどもあり、三十段もないであろう階段が、なにか巨大なブロックで組まれた崖《がけ》っぷちに見える。ヒョオッと風の吹き上げる音でも聞こえてきそうだ。

「よし」

雪見は息を飲んだ。

ゴクリ。続いて唾《つば》も飲み込んでみる。

「……よし」

無意味に続いた二度目の『よし』は、一度目より小さくなった。

「……ははは、まったく二十六にもなって、こんな子供じみた夢を見るなんてな。俺もまだ頭が柔軟ということか、まぁたまにはこういうのもいいかもしれないいな」

——雪見は高所恐怖症だった。

隣で沈黙したままの男を仰《あお》ぐ。難しい顔をして座っているから、自分と同じくこの状況に度肝《ど ぎも》を抜かし、途方に暮れているのかと思いきや、いくらなんでも反応がなさ過ぎる。

「……ていうか伏木野、おまえなんでさっきからずっとだんまりなんだ。いくら他人事でも、この状況について言いたいことぐらいあるだろう？　もっと全身で驚きを表したっていいんだぞ？　くっだらない夢だけど、『わーっっ！』とか『きゃーっっ！』とか叫んだって……」

すべてつい今しがた自分の取った行動だ。

床からでは位置が高過ぎてよく見えない男の口元を、雪見は窺《うかが》う。無駄に伸び上がって確認しようとすれば、ぼそっと一言言葉が降ってきた。

「それより」

たった四文字なのに聞き違えたかと思った。

それより。

そ、れ、よ、り。

この状況より、どんな大問題があるというのか。

「……なに？」

「それより雪見、約束だ。どうなってるんだ」

「……はあ？」

雪見は首を傾《かし》げる。

「約束だ。俺の約束は果たしてくれないのか？」

繰り返された言葉に、階段から落ちる元凶《げんきょう》となったやり取りを思い出した。


きっかけは、一週間ほど前に届いた一通の手紙だった。

実家から、現在の独り暮らしのマンションへ転送されてきた手紙。差出人を見て驚いた。大学の卒業式を最後に一度も会っていない、連絡も取り合っていなかった男からで、雪見は乱雑な大きな字で宛名や差出人の書かれた封筒をすぐに開封した。

中には一枚の紙が入っていた。七月の半《なか》ばから二週に亘《わた》って美術館で開かれる、伏木野の手がけたドールハウスの展示会の招待券。印刷されたチケットのみで、呆《あき》れたことに手紙もメモも添えられていなかった。

大学でも異常に口数が少なく、愛想《あいそ》のなかった男だ。入学当初は、『日本語の不自由な留学生』なんて一部に誤解されていたぐらいで、社会性の欠片《かけら》もない封書を送ってきてもおかしくはない。けれど、展示会の招待券だなんて、雪見にはなにか当てつけに思えてならなかった。

伏木野円は、雪見にとって忘れられない存在だった。通っていたのは美術大学の工芸学科で、共に授業で木工《もっこう》やら彫刻《ちょうこく》やらを習う一方、趣味ではドールハウス制作に取り組んでいた。

ドールハウス。家や家具を縮小化した人形の家だ。

ドールハウスは一般的に趣味で始め、趣味で終わる。美術の基礎が役立つことはあっても、直接美大で学んだりするものではない。独学やカルチャースクール的な教室で学ぶ社会人がほとんどで、大学に通いながら制作している人間が二人も揃《そろ》っているのは珍しかった。

似通《にかよ》った者がいれば、大抵共感し合うか反発し合うかのどちらかだ。

二人の関係は後者になった。ドールハウスという大枠《おおわく》が同じでも、作風も性格もまるで逆。神経質なところのある雪見が緻密《ちみつ》で精巧《せいこう》な作品に拘《こだわ》るのに対し、鈍《にぶ》さの塊《かたまり》のような伏木野のハウスは、ダイナミックとでもいおうか……色塗り一つとってもまるで均一《きんいつ》でなく、家具などの小物は微妙に傾いていたり歪《ゆが》んでいたりと特異な個性に溢《あふ》れていた。

絵画や彫刻であれば気にもならなくとも、ミニチュアサイズとはいえ建築物の歪みを雪見は許せなかった。生理的に受けつけられない。なのに伏木野の作品を周囲が絶賛するものだから、対抗心はむくむくと膨《ふく》らみ、子供っぽく言えば、伏木野自身も作品も大嫌いだった。

その伏木野の個展が開催される。招待券を受け取るまで雪見は知らなかったけれど、美術館などという大層《たいそう》な場所で開かれる理由はすぐに察した。

伏木野の作品が新聞社主催の芸術賞に選ばれたと、風の便りに耳にしていたからだ。海外ではすでに芸術として認められ、活躍している作家も少なくないが、日本でのドールハウスの位置づけはいわゆる芸術とは少し離れている。ほかの芸術と同じ土俵《どひょう》で語られるものではなかっただけに、伏木野の受賞は大したニュースだった。

心中穏やかでなかったのは確かだ。雪見は大学卒業を機に、ドールハウス制作は止《や》めていた。就職したのは建築模型《もけい》を手がける制作会社だ。住宅販売用の模型に始まり、ホテルや公共施設などの展示用の模型と、入社してすぐから仕事の幅《はば》は広がり、今年の春には早くも独立してフリーになった。

そう、技術的には雪見の能力は卓越《たくえつ》したものだった。

あたかも現実の空間が切り取られて縮小され、箱庭に変わったかのような精巧さ。類稀《たぐいまれ》なリアリティ。雪見が販売用の模型を作ればマンションの売り上げが変わる。普段は素通りされるばかりの、ビルのエントランスのお飾り模型に人が足を止める。

――なのにドールハウスでは、歪んだ椅子やら歪《いびつ》なコップの伏木野のハウスに敵《かな》わなかったのだ。

最初は、誰が個展など観《み》に行くものかと思った。

けれど、眺めるうちに気が変わった。

土曜の午後、夕方近くに美術館に向かうと、入り口ではちょっとした列ができるほどの混雑だった。休日だからだ、天気がいいから。みんな暇でも持て余しているんだろう。などと何故か理由づけをしながら入場してみると、とりあえず目につく範囲にあの目立つ大柄な男の姿は見当たらなかった。

まずは入ってすぐのところに展示された、受賞作を見た。

なんだ、こんなものかと思った。伏木野の作品は大学時代と根本的に変わっちゃいない。なんともまぁドールハウスにはあるまじき躍動感《やくどうかん》で、主にフリーハンドで作られているのが判る。あのデカイ体と、繊細さとは無縁そうな太い指、がさつな性格から生み出されるだけでも評価すべきなのか。

けれど、心で詰《なじ》ったところで、負け犬の遠吠《とおぼ》えに過ぎないのも判っている。

会場は賑《にぎ》わっていた。無邪気に目を輝かせる子供、『可愛い、綺麗《きれい》』と言って彼氏の腕を引く若い女性。微動《びどう》だにせず覗《のぞ》き込《こ》み、なにを思っているのか濁《にご》った眸《ひとみ》に涙を浮かべた初老の男性。伏木野の作品が年代を問わず人を魅了《みりょう》し、そして様々な感情を喚起《かんき》させるものであるのは、客の姿がなにより物語っていた。

雪見は急に居たたまれなくなり、展示物を三分の一も見ないうちにその場を離れた。

自分はなにをしに来たのか。嫌いな男の成功をわざわざ休日を費《つい》やして確認しに来たのか。

人波に逆行して入口から表に出た。そのまま元来た階段を駆け下りようとして、上って来た男と鉢合《はちあ》わせた。

「雪見？」

間が悪い。いないとばかり思っていた男が、驚いた顔をして自分を見上げていた。

ノーネクタイだが、白いシャツに黒っぽい上下のスーツ。まるで最後に見た卒業式を彷彿《ほうふつ》とさせるような姿。

なんだろう。ますます逃げ出したくなった。

雪見は踵《きびす》を返した。広い吹き抜けのホールを一階に伸びる階段は、山の形を成すように二手《ふたて》に分かれており、人気《ひとけ》のない裏口に向かう後方の階段を目指した。

「雪見、待てよ！」

伏木野が追ってくる。

「なあっ、俺に会いに来てくれたんだろう？」

「おまえに？　俺は作品を観に来ただけだ。おまえが招待券なんて寄こすから……」

「だから、それで来てくれたんだろ？　嬉《うれ》しい。おまえに会うの、四年ぶりだ。嬉しいよ」

階段を下りかけた雪見の手前に回り込むようにして、男は言う。それが嬉しい顔か、と突っ込みたくなるほどむすりとした愛嬌《あいきょう》のなさは昔と変わりない。無理矢理に足を止めさせられた雪見はふいっとホールに視線を移した。

建てられてまだ間もない美しい美術館の広いホールには、吹き抜けの天井の窓から差し込む夏の夕日が躍《おど》っていた。天窓は美術館らしく凝《こ》った作りで、まるでアートのように光は時間帯によって複雑に方角や形を変える。

「作品、見てくれたか？　入り口んとこの」

「ああ」

「アレな、賞もらったんだ。すごいことらしい」

妙だ。今まで他人に見て貰《もら》うのを意識している様子もなく、評判に至ってはまったく腹立しいほどに興味なさげだった男が、息を切らしそうな勢いで訴《うった》えかけてくる。

「……まあ、悪くはなかったよ」

反応が鈍く感じられたのだろう。伏木野は眉根を寄せる。

「受賞、信じてないのか？」

「べつに信じてないもなにも……」

「疑うなら、盾《たて》とか持って来ようか？　記念にもらった。なんか石でできた板みたいなやつだ」

「いい。べつに見たくない」

なんなんだ一体《いったい》、と思った。四年の間に性格でも変わり、自慢したくなったのか。

「どいてくれ。俺も仕事が残ってるんだ。帰るよ、じゃあ」

押《お》し退《の》けようとする。スポーツでもやっているのがお似合いな筋肉質の体は、雪見の細い腕ではびくともせず、いまいましい気分で脇を回り込んですり抜ける。

「ちょっと、待ってくれ！」

「話はすんだだろう？　まだなにか言いたいのか？　ああ、祝いの言葉がまだだったな、おめでとう、末永く活躍できるといいな」

「雪見！」

いつかもこんなことがあった気がした。

話を聞いてくれと言って追ってくる男。逃げる自分——

「なんだよ、まだ言葉が足りないか？　俺に絶賛してほしいのか？　やめてくれよ、俺はべつにおまえの友達でも家族でもないんだ。ただの元同級生じゃないか、なにを期待してたんだ」

「ただのって……おまえ、約束覚えてないのか？」

腕を摑まれ、階段の上でバッと振り返った。

「なんの話だよ、放せよもうっ！」

どうせ自分の力では振《ふ》り解《ほど》けないに決まっている。そんな忌々しさから満身の力を込めて払い、一方、素直に言葉に従った男はするりと雪見の腕を解放した。

「うわっ！」

やり場をなくした力に体のバランスが崩れる。階段の上で大きく身を仰《の》け反《ぞ》らせた雪見は、鋭い伏木野の声を聞いた。

「危ない!!」

ホールの天井が目に映った。天窓から差し込む万華鏡のような光が、目の中できらきらと眩《まぶ》しく躍る。ガラスと沈みゆく太陽の織《お》り成《な》す、美しくも幻想的な光。

「雪見っっ!!」

自分の名を叫ぶ男の声は、光の上でチカチカと弾《はじ》けて舞うみたいに聞こえ、同時に痛みを覚えるまでもなく雪見の視界は一瞬で黒く塗りつぶされた。

「約束ってなんだ？」

雪見は頭上の男に問いかける。

結局、どうしても美術館の階段から飛び降りる勇気は持てなかった。そうこうしているうちに外は暗くなり始め、とりあえず家に帰ろうと思った。もちろん、自分のマンションにだ。

しかし、階段の一段が背丈ほどもある世界では、住み慣れた我が家に帰るのもままならない。どうしたものかと階段の縁をうろつき始めると、ひょいと伏木野に摘《つま》み上《あ》げられた。『俺の家に来い』と告げられ、状況を考えれば『嫌だ』とごねようもなかった。

蒸し暑い夜だ。スーツなど着ていられないとばかりに伏木野は上着を小脇に抱《かか》えて家路《いえじ》を歩いている。

同行する雪見はやや青い顔をしていた。

視界が揺れる。細い裏路地に並ぶ家々も、その窓明かりも、夜空にぽっかり浮かぶ満月も。まるで大しけの海に出た船のように視界は波を打ち、雪見はすっかり船酔いと同じ症状で、げっそりとした顔でポケットの縁にしがみついていた。

そう、ポケットの縁だ。比喩《ひゆ》でもなんでもない。小さくなった雪見は伏木野の白いシャツの胸ポケットに収まっていた。

こんな漫画みたいな状態をよもや体験しようとは。しかも夢の中で乗り物酔いってなんだ。

吐き気と戦いながら、布の縁に捕まっていると、頭上からぼそりと問いの返事がくる。

「おまえ、本当に覚えてないのか？　卒業式の日のこと」

「卒業式？　なんの話だ」

「なんのって……じゃあ、約束は果たさないつもりなのか？」

「果たさないもなにも、覚えてないものはどうしようもないだろう」

体ががくんとなった。

「うわっ！」

伏木野が不意に歩みを止めたのだ。慣性《かんせい》の法則に従い、雪見はポケットから危うく放り出されそうになる。

「きゅ、急に止まらないでくれ。止まるときは一声かけて……」

「……そうか、判った。覚えてないのなら、いい。しょうがない……もういい」

なにか腹を決めたみたいに男は言って、また唇を引き結んだ。

なにが『もういい』だ。

おまえなんかに落ち込んだ顔をされる謂《いわ》れはない。

雪見は憎々しげにそう思う。学生時代に伏木野を嫌いになったのは、なにも対抗心からだけではない。むしろ、最初のうちは同じ趣味を持つ者として好感だって抱いていた。

それが変わったのは、伏木野に言われた一言のためだ。

『おまえ、美大に向いてない』

片言みたいな口調で、人の作品をばっさりと切り捨ててくれた。作品と一緒に、雪見の心も見事に一刀両断で、好感は反感に変わった。

だいたい、自分はなんだって夢の中でまでこんな男といるのか。

すっかり黙り込んでしまった男の様子を窺う。ただ揺れに身を任せるだけになった雪見は、上下する光景が次第に見覚えのあるものに変わっていくのに気がついた。

「おまえ……まだ同じとこに住んでたんだ？」

「ああ、べつに引っ越す理由もない」

大学の裏手の住宅街だ。古いながらも一人暮らしには広過ぎる一軒家で、学園祭の準備の際に場所が足りずに車庫を借りてみんなで集まった記憶がある。

「あ、あの猫もまだいたのか」

辿り着いた家の門扉《もんぴ》の前には、見覚えのあるでっぷりと太ったトラ猫。近所の野良猫らしいが、暑さにだれたように寝そべっている。

貼られたコンクリートが涼しいのだろう。とても敏捷《びんしょう》そうには見えない猫は、大学時代に雪見が通りがかった際もこうして寝転がっていた。

「相変わらず美しさの欠片もない猫だな」

雪見は不衛生な動物は嫌いだが、造型の美しくないものはさらに嫌いだ。地面に流れそうに広がった脂肪の腹の猫などもってのほかだ。

「おい、そこの太った猫、そんなところに寝てたら通行の邪魔だろう。早くどけ、重くて体動かないのかっ？」

声を張り上げて叫びかけるも、小さくなった雪見の声など届かないのか耳の先すら動かさない。伏木野は慣れた様子でひょいと猫を跨《また》ぎ、傾いてペンキの剝《は》げた門扉を開けて中へと入る。

今にも崩れ落ちそうな古い木造民家。本来車庫であるはずの一階の広い土間は、完全に見た目は工房になっており、以前よりもさらに雑然《ざつぜん》としている。

懐かしい眺めに、『ああ』と思った。自分の夢の中だから記憶のままで、伏木野の家も門扉前の猫も大きく変わりようがないのだろう。

「わっ、も、もうちょっと場所を考えてくれよ」

ポケットから下ろされたのは、窓辺に沿って長く伸びた作業机の上だ。足元が妙に柔らかいと思えば、カッティングマットだった。染料《せんりょう》や接着剤の匂いがプンと鼻をつく。思わず身を引けば、背中にぶつかったのは、見慣れたエポキシ樹脂《じゅし》の瓶《びん》。左に避ければアクリル絵の具のチューブで、足を取られて素《す》っ転《ころ》びそうになる。

「な、なにすんだよ」

急に体に透明定規を当てられ、雪見は戸惑った。

「十四。三センチだ。おまえ、身長はいくつだ？」

「百七十五センチ」

空の高みから見下ろしてくる疑わしい眼差しに、渋々のように訂正する。

「……百七十二センチだ」

「やっぱりな」

「やっぱりってなんだ！　俺はべつにサバよんだわけじゃない。ただその、キリのいい数字を……」

「やっぱり、十二分の一スケールだ」

伏木野は特に表情も変えないまま、こくりと頷いて納得を示した。

十二分の一。ドールハウスの基本として広く使われているスケールだ。自分の体は、なんとドールハウスにぴったりと収まる人形サイズに変化してしまっていたらしい。

「そうか……これって、職業病みたいなものだったんだ」

「ちょうどいい。ここで暮らすなら、好きなハウスを使え。そこに完成したのがいくつかある。気に入らないなら、二階にもたくさんあるから、いくらでも選んで住め」

「え……うわっ」

歩くのも距離があると思ったのか、再び両脇の下から指を差し入れられ、体が宙に浮く。足をジタバタ泳がせるまでもなくすぐに辿り着いた先は、作業机の末端《まったん》で、三軒のハウスが並ん

でいた。

洋風、和風、スイスの山小屋風のハウスと図ったように多様《たよう》だ。

「さあ、好きなのに入れ」

雪見はうっとなった。

伏木野の『芸術』作品。歪みを許容して形作られたハウスであるのも問題だけれど、雪見にとってはそれだけではない。複雑な思いが、怒濤《どとう》の波となって押し寄せてくる。

憎い男だ。嫌いな男。ドールハウス作りは止めたとはいえ、同じミニチュア制作を続けるものとして、間借《まが》りするのは沽券《こけん》に関わる。

雪見は背後で選ぶのを待っている男を見上げた。

「……伏木野、悪いけど頼みがある」


雪見《ゆきみ》は、自宅から自作のハウスを持ってくるという手段に出た。

枕が替わると眠れない。そんな理屈で自分の見慣れたものでなくてはと説《と》き伏《ふ》せ、自宅マンションから伏木野《ふしきの》の車で運んでもらったのは、大学時代に制作した気に入りのドールハウスだ。

オレンジ色の屋根と落ち着いたベージュ色の壁。森の中に佇《たたず》む別荘をイメージして作ったヨーロピアン調のハウス。もちろん調度品もぬかりなく設《しつら》えており、建物との調和を損《そこ》なうことはない。

　そして翌朝、目覚めても体は元に戻っていなかったが、それすらも一瞬忘れてしまうほど快適な目覚めだった。

　夢のようだ。自分の制作したハウスで暮らす。ある意味、ドールハウス制作者の夢かもしれない。

　表に出ると伏木野の気配はなかった。二階にもいないようで、ハウスの前には無造作《むぞうさ》に食パンがバターと共に置かれていた。

　いくら伏木野でも薄汚れた机の上に直に置いているわけではない。けれど、畳二畳《たたみにじょう》もありそうに見える巨大サイズのままの食パンがドンと皿に乗せられた状態は、無造作としか表現しようもない。

　腹は減っていた。雪見は一旦ハウスに戻り、ミニチュアの食器やカトラリーやらを持って出た。畳パンの隣の、これまた乱暴に巨大コーヒーカップに並々と注《つ》がれた水を汲《く》み出《だ》し、ミニチュア食器を洗い始める。

　丁寧《ていねい》にカットしたパンを二切れ皿に並べ、バターを添《そ》えた。きちんとハウス内のテーブルに戻って食べ始める雪見は、妖精サイズになったからといって、その場で巨大食パンに齧《かじ》りつこうだなんて考えつきもしなかった。

　腹ごしらえの後は周囲の探索だ。

「まったく、どうやったらこんなに汚れるんだ。掃除しないと」

足元の机はざらついていた。ひどい砂埃《すなぼこり》で、上空を仰《あお》げば立てつけの悪そうな木枠《きわく》の窓の隙間から温《ぬる》い風が流れ込んでいる。

ハウスの周囲の草木も生《は》えない庭、古びた机の天板《てんぱん》はどこまでも続いて見えた。まずは机の縁《へり》に出てみて息を飲む。到底《とうてい》下りられる高さではない。

代わりに机の端を目指してみた。無機物の野山——いや、荒野《こうや》だ。行く手を遮《さえぎ》る道具の山を乗り越え、材料の散乱する野を歩き、結局、自分の身が想像以上に不便なのを思い知っただけだった。

とても一人では生活できない。生活用品にしても、自作のミニチュアで間に合うものばかりではない。

ハウスの手前に戻った雪見は、畳パンの白皿の縁《ふち》に腰をかけ、溜め息をつく。衣服は現在着用しているものしかないし、電気製品に至ってはハウス内で使えるものはランプのように単純な照明のみだ。

起き抜けとは一転、不安が広がってくる。伏木野が戻ってこないのも気になった。遅い。朝っぱらからどこに出かけたのか。工房の壁時計はもう昼近くを示している。

まさか、伏木野が夢から消えてしまったなんてこと——

不安も頂《いただき》を上り詰めたところで、がらりと入口の引き戸が開いた。ばっとそちらに顔を向ければ、大柄な男はのしのしと土間《どま》を歩いてきて、『ただいま』も『おはよう』もなく、雪見の前にぬっと紙袋を突き出す。

「これ、使え」

いきなり中味も判らないものを突きつけられても反応のしようがない。

「伏木野、おまえ先になにか言うことあるだろう」

「……ああ、ただいま」

「そうじゃなくて！　出かけるなら、ちゃんと知らせてくれよ。どこに行ってたんだ、朝っぱらから……」

雪見はここぞとばかりに不満を訴え始める。

けれど、ごそごそと袋から取り出されたものにすぐに目を奪《うば》われた。

「着替え、ないと困るだろうと思って」

伏木野が差し出したのは人形服だった。雪見に合いそうなサイズの衣服の山だ。

「買ってきてくれたのか？」

「ああ。昨日ぼやいてただろう？　おまえ、着替えがないって。サイズはまぁだいたい合ってるはずだ」

「ありがとう、助かるよ」

素直に礼を言った。その場で着替えるのもどうかと思い、早速《さっそく》ハウスに戻って着替え始める。

どうやら女児《じょじ》向玩具《がんぐ》の人形服らしいと気づくと微妙な気持ちにもなるが、贅沢《ぜいたく》も言ってられない。

いそいそと服を脱ぎ、シャツとズボンを身につける。

ふと視線を感じた。伏木野がじっとこちらを見ている。ハウスに戻ったといっても、人に覗《のぞ》かれるための観賞《かんしょうよう》用の家にプライバシーなどない。半分は壁さえないのだ。

「なんだよ？」

「あ……わ、悪い」

手足の長さばかりが目立つ痩《や》せた体に、さっと白いシャツを羽織る。伏木野は慌てたようにくるっと背を向けた。男同士でそこまで焦《あせ》る必要もないだろうに。着替えに興味津々《きょうみしんしん》かと思えば極端《きょくたん》な男だ。

外に出て、着替え終えたのを告げると、またまじまじと伏木野は自分を見た。

「よく、似合ってる」

「マジックテープの人形服が似合っても褒《ほ》められた気がしないな」

「そうか」

反論されれば、それ以上続ける言葉もないらしい。

一体どういう育ちをしたんだ。相変わらず、口数も語彙《ごい》も少ない男だ。未《いま》だに片言の留学生みたいだな、なんて思っていると、屈《かが》めていた身を伏木野は起こした。

「出かける」

行動も唐突なら、また言葉も唐突だ。

すでに背を向けかけた男に雪見は慌てて声をかける。

「ちょ、ちょっと、待てよ。出かけるなら行く先を知らせてからにしろって言っただろう。なんでそう言葉がいちいち足りないんだよ」

不思議そうな顔の伏木野は、やっとまともな反応を返した。

「ああ、午後は展示会に顔を出すようにしてる。夕方には帰るが……もっと、食料とかいるか？　ほしいものあるか？　今のうちに言え」


「……今度、酔い止めを買ってきてくれ」

そう訴《うった》える雪見は、留守番よりも伏木野について出ることを選んだ。あの不便な環境で、また一人残されるのは嫌だと思った。

日曜日の美術館は混んでおり、伏木野の個展も盛況《せいきょう》な入りだった。自分の夢なのに思いどおりにならない。揺れる視界のポケットの中で、また吐き気と戦う。

伏木野に誰かが近づいて来る度《たび》に身を潜《ひそ》めた。ここへ辿《たど》り着《つ》くまでに、電車の中で幼児と目が合い騒がれたからだ。幸い子供の話を母親や周囲の大人は真に受けなかったものの、やはりこの姿は普通には受け入れられざるものらしい。

すっかり気力をなくし、ポケットの底に蹲《うずくま》る。

外で聞き知った声がした。

「ごめんなさい、また来ちゃって。仕事のお邪魔だったかな？」

聞き違えようもない女性の声。久しぶりに耳にするその声に、慌てて雪見はポケットから顔を出し、思わず一瞬で身を隠す。

大学時代に付き合っていた彼女の姿だ。

「いや、べつに。突っ立ってるだけだし……けど、上野《うえの》こそ、毎日こんなところに来たってつまらないだろう」

「え、そんなことないわよ。何度見ても新しい発見があるもの、伏木野くんの作品は」

伏木野らしい浮《うわ》ついたところのない声に、それを気に留める様子もなく楽しげに褒《ほ》め称《たた》える彼女の声。

同級生の上野沙耶《さや》と雪見が付き合っていたのは大学三年生の頃だ。

何故こんなところで目にすることになったのだろう。付き合ったのも半年あまりで、卒業以来会っていない。別れ際に「よいお友達に戻りましょう」と告げられたけれど、お友達どころか年賀状も来ずじまいだ。女性の曖昧《あいまい》さはときに残酷《ざんこく》なもので、おかげで雪見は一時は引《ひ》き摺《ず》ったりもした。

卒業後、付き合った相手がほかにいなかったわけではない。整った容姿《ようし》の雪見はどちらかといえばモテるほうだ。

けれど、向こうから告白されて始まったはずの交際も、決まって長続きはしない。いつも半年と持たずに終わる。

理由はまぁ判っていた。ドールハウスに限らず細かいところのある性格を、彼女たちは次第に煙《けむ》たく思い始めるからだ。

——余計《よけい》なことまで思い出してしまった。

一気に沈んだ気分になる。そろりと顔を覗かせて再び様子を窺《うかが》えば、聞いているのかいないのか判らない反応の鈍《にぶ》い男に、彼女は熱心に話しかけていた。

「日曜日はやっぱり人多いのね。伏木野くんの人気を目《ま》の当たりにしたって感じ」

「ただ暇潰《ひまつぶ》しに見てるだけだろう」

「そんなことないって。みんなお金だって払って入場してるんだから。私だってそうよ〜？伏木野くんの作品が好きでないと来るわけないいじゃない！」

なんだってこんな彼女の姿を見なければならないのか。

かつての恋人なのに、自分は完全に蚊帳《かや》の外。大学時代より大人びて美しさの増した彼女の関心は、隣の仏頂面《ぶっちょうづら》にあるようにしか見えない。

大学時代、これほどあからさまではなかったけれど、彼女が伏木野に興味があったのは知っていた。別れた後、自分の目を盗むように彼女が伏木野に度々《たびたび》話しかけていたのも。

本当のところ、別れを告げられたのだって伏木野のせいかもしれない。

薄々そう判っていたのに、あの頃の自分はそれには気づかないふりをしていた。

「……なんだよ、もう」

すっかり忘れたつもりでいたけれど、自分は彼女に未練でもあったのだろうか。

雪見はずるずるとポケットの中に体を沈めた。布袋《ぬのぶくろ》のような薄暗い空間の中で膝《ひざ》を抱《かか》える。

そういえば彼女に限らず、伏木野はモテていた。

天才肌でマイペース。一般女性は避《さ》けて通るような男でも、美大では才能さえあれば関心の的《まと》だ。

器用さとは対極《たいきょく》にいそうな伏木野は、なんでもそつなくこなした。いや、どの分野でも異常に秀《ひい》でていた。ドールハウスなんて裾野《すその》の狭い代物《しろもの》に拘《こだわ》る伏木野を教授が残念がり、卒業後ももっといろいろ続けてみてはどうかと説得していたぐらいだ。

口の重さも、その社交性の欠如《けつじょ》も、ストイックと映っていたらしい。確かに伏木野は一度制作にかかると、周囲は目に入らなくなるタイプだ。周りどころか、自分のことさえ忘れる。

教室でよく隣になる機会の多かった雪見は幾度となく迷惑を被《こうむ》った。睡眠時間が足りていないのか、血走った目で作品に取り組むのは個人の勝手だが、食事もろくに取っていないらしく腹も鳴りっ放し。羞恥心《しゅうちしん》も麻痺《まひ》した男は、大動物みたいにゴーゴーと大音量で鳴らしまくり、こちらは集中するどころじゃなかった。

うるさくて堪らず、持っていたパンを『食え』と言って無理矢理与えたのも一度や二度ではない。最初はたまたま持っていたものだったけれど、そのうち騒音《そうおん》対策として事前に購入しておくようにさえなった。

そういえば、あのときもそうだ。

珍しく伏木野から作品について声をかけられたかと思えば、酷評《こくひょう》されたあのとき。人の与えた菓子パンを口に頰張《ほおば》りながら、『美大、向いてない』とのたまったのだ。

――恩を仇《あだ》で返しやがって。

雪見はポケットの中で足を蹴《け》り出《だ》す。腹部にヒットしたはずだが、小さくなった自分の蹴りなど、筋肉の塊《かたまり》の腹は無反応だ。

それどころか、二人の会話がさらに聞こえてくる。

「ね、伏木野くん、もし人手が足りなかったらいくらでも言ってね？」

「え？　ああ、大丈夫だ。人は足りてる」

「そう？　だったらいいけど……遠慮はナシでね。こないだ話したとおり、勤《つと》めてたデザイン事務所辞めたばっかりで、時間はたくさんあるの。だから個展だけじゃなくって、伏木野くんのアトリエのお手伝いだって、雑用でもなんでもできるんだから」

「雑用なんて人に頼めない」

「なに言ってるの、伏木野くんって誰かサポートしないと日常生活ままならなさそうじゃない？　今度ゴハンでも作ってあげようか？」

くすりと笑う彼女の声が、ポケット越しにも響く。

いい年して自分で自分の世話もできない男のほうが女性に好かれるだなんて、理不尽過ぎる。けれど、窮屈《きゅうくつ》な常識の枠なんかに収まらず、一心不乱に作品世界に没頭《ぼっとう》できる男が魅力的なのもなんとなくは判る。

授業中に腹を鳴らす伏木野が嫌いだったのも、煩《うるさ》かったせいだけじゃない。腹の虫ごときが妨《さまた》げになる自分を思い知らされるからだ。

伏木野は、ことあるごとにコンプレックスをチクチクと刺激してくれる。

雪見は、もう一度腹を蹴り上げてみる。二度目より力の籠《こ》もらなかった蹴りは、当然のように伏木野に気づかれることはなかった。


雪見の父親は建築家だ。模型《もけい》ではなく、本物のビルを建てている。そのせいというわけではないけれど、雪見に輪をかけて物事の細部まで拘る神経質さで、自分だけでなく周囲にもそれを強《し》いる厳格《げんかく》な男だった。

美大に入ったのは、そんな父親への反抗心も少なからずはあった。

けれど哀しいかな、子供の頃に根づいた気質はそうそう変わるものではない。美大に入ったからといって、自由奔放《ほんぽう》、破天荒《はてんこう》な性格になどなり得なかった。

「おい雪見、どうした？　具合でも悪いのか？」

翌日の月曜、美術館は休館日で伏木野の個展も休みだった。伏木野は家で一日過ごすつもりらしく、少し遅い朝食は雪見のハウスの周辺で始まった。

近所のコンビニで買って来たらしいサンドイッチ。指で千切《ちぎ》ってドンと分け与えられ、雪見の小さなミニチュアの皿から溢《あふ》れる量のそれは、ハウス内のダイニングテーブルにマヨネーズやらツナやらが雪崩《なだれ》を起こすほどだ。

どうしてこんなにもデリカシーがないのか。

「雪見、食欲ないのか？　まさか昨日の吐き気がまだ治《おさ》まらないか？」

変な男だ。普段はあまり喋《しゃべ》らないくせに、伏木野はこちらが黙り込んでいると落ち着きをなくす。

背中をとんとんと指先で突かれ、うっとなった。前のめりにツナサンドの上に突《つ》っ伏《ぷ》しそうになる。

「やめろ、俺は人形じゃないんだ。気安く触るな。ていうか、俺のハウスの中にそのゴツイ手を突っ込んでくるな」

「たくさん、食え。食った分だけ大きくなるかもしれないだろう」

「……本気で言ってるのか？」

どうしてこんな発想の男から、情緒《じょうちょ》がどうだのと語られる作品が生み出されるのか。ハウス内から渋々手を引っ込めた男は、サンドイッチを頬張りながら中の様子をまだ窺《うかが》っている。普通サイズのサンドイッチが二口ちょっとで食道行きだ。

大きな口、髭《ひげ》の目立ってきた顎《あご》。たぶん個展がなければ、髭なんて不精《ぶしょう》で伸ばしまくるのだろう。硬そうな髪は寝癖《ねぐせ》がつき放題だし、家での服装はどうやら決まってTシャツに破れたジーンズ。もちろんダメージ加工なんて洒落《しゃれ》たものではなく、ただの着古しだ。

——まぁ、見るからにデリカシーなんてなさそうな男だな。

雪見は気を取り直す。フォークとナイフを使って巨大ツナサンドを切り分けながら、念のため確認しておこうと問いかけた。

「伏木野、今日は一日ここで仕事をするつもりなのか？」

「ああ」

そういえば、自分の仕事はどうなっているのだろう。

これは夢だ。けれど、普通の夢ではない。乗り物酔いに悩まされ、年賀状すら寄こさないかつての彼女まで登場してくる夢。時間の概念《がいねん》もきちんとあり、季節感もばっちり、一向《いっこう》に目覚める気配もない夢。

ずっとこの世界で暮らさなければならないのだとしたら、自分にとってはこれが現実になってしまうのではないか。

つまり、ここで仕事が破綻《はたん》すると大変なことに――

「電話、鳴ってるぞ」

「え?」

機械的な音楽が聞こえていた。

「雪見、おまえの携帯じゃないのか?」

携帯電話。存在を忘れていたわけではない。けれど、階段を落ちた際に雪見の手を離れた鞄《かばん》は一緒に小さくはなっておらず、中に収まっていた携帯電話も同様だった。

慌ててハウスを飛び出したものの、机の下の鞄にどうにもできずにうろたえる。伏木野が取り出して通話ボタンをプッシュした。

雪見は机に置かれた携帯電話に走り寄り、声を張り上げる。

「もしもしっ」

『ああ、雪見さん? KKハウスの鈴木《すずき》です』

仕事の発注先だった。

まるで気がかりになった途端に、電話が舞い込んできたみたいだ。

『今外出先ですか? 電話の声がやけに遠いですね。すみません、ちょっと予定の変更箇所《かしょ》が出てしまいましてね』

「予定?」

『今月お願いしてる物件《ぶっけん》のエントランス部分の形状が変わったんです。間に合うようでしたら今のうちに模型も変更をお願いしたいんですが』

「ああ、月末納期《のうき》の……」

『大丈夫ですか? 間に合いますよね?』

今月はもうあと十日足らずだ。雪見の反応の鈍さに、電話の向こうの声が不安そうになる。

雪見は慌てて取《と》り繕《つくろ》った。

「ええ、もちろんです。お任せください」

『よかった。それではファックスを流しておきますので、ご覧《らん》になってください』

安堵《あんど》した男の声で話は纏《まと》まり、通話を終える。電話を切るべく、手のひらいっぱいでボタンをプッシュした雪見は、そのままへなへなとその場にへたり込んだ。

「……まずい」

訝《いぶか》しげな男の声が傍《かたわ》らから降ってくる。

「雪見、どうした?」

「非常にまずい。家に仕事のファックスを見に行かなきゃならない」

「それがどうしたんだ? 見に行けばいい。連れて行ってやる」

「それだけじゃない。模型を仕上げなきゃならない」

「だったら、ここでやればいい。場所ならそこの作業台を空《あ》けてやる。材料は……建築模型なら少し違うだろうから、おまえの家から持ってこい」

「……そ、そうだな。助かるよ、伏木野」

ありがたい提案に頷きはしたものの、言葉に力はなかった。

嫌な予感がする。

食事を終えると、すぐに伏木野の車で自宅に向かった。作りかけの模型と材料や資料を車に積み込んで戻ってくると、工房の作業台の一つにそれを広げた。

近々売り出される分譲《ぶんじょう》住宅だ。一棟《むね》ではなく、二十棟から成《な》っている。ヨーロッパの街並みをイメージして設計された住宅地は、複数の棟がそれぞれ別の個性を持ちながらも統一感があり、上質な雰囲気を醸《かも》し出《だ》している。

雪見はいつも作業は計画的に進めており、遅れてはいない。

仕事は好きだ。手先の器用さを生かした仕事で、デスクワークは少しも苦《く》ではない。

――けれど、同じ模型作りだというのにこの状況は違う。

「……はあっ、はあっ」

作業を始めてまもなくから、雪見は息を切らしていた。

大刀《だいとう》のように背丈《せたけ》ほどもあるカッターナイフを動かし、ショットガンのようにエアブラシで塗装《とそう》をする。一つ一つの作業が、いちいち大仕事。救いは主材が発泡《はっぽう》スチロールのスチレンボードなところだけれど、それだって切って貼って組み立ててと楽ではない。

こんなものはデスクワークではない。

手先仕事でもない。

大工《だいく》仕事だ。

このままじゃ月末どころか一月《ひとつき》かかっても終わらないかもしれない。

仕上がっている家の庭のレイアウトをすべく、ブレンドした緑のシーナリーパウダーの袋をずるずると引き摺りながら、不安に押《お》し潰《つぶ》されそうになる。

重い。小さくなる前には手のひらに軽く乗っけていた袋が、セメント袋のようにずっしりと重い。

作業を開始して数時間が経過《けいか》した頃だ。この状況を打破《だは》するにはどうすればよいのか、頭を悩ませつつ体を動かしていると、伏木野が近づいてくる気配を感じた。

窓際の作業机で自分の仕事に勤《いそ》しんでいた男は、なにを思ったのか無遠慮《ぶえんりょ》に覗き込んでくる。

無視して作業を続けていると、伏木野が唐突に口を開いた。

「とろいな」

「え……」

「雪見、おまえの作業だ。鈍《のろ》過ぎる」

「は……」

「そんなペースじゃ月末どころか一月経《た》っても終わらないだろう。もっと早く動けないのか？いくら小さくなったからって、力なさ過ぎだ」

カチン。擬音《ぎおん》で表現するならまさにそんなところだ。自分でも判り始めていたことだけれど、こんな風に無遠慮に言われたのでは腹も立つ。

雪見は震える声を絞《しぼ》り出《だ》した。

「おまえはどうしてそう……」

「手伝ってやる」

「……は？」

雪見の静かな怒りを素通《すどお》りし、伏木野は言った。

「おまえの模型だ。俺が手伝ってやる」

共同作業は夜遅くまで続いた。

『断る』

一度はそう言ったものの、ほかに模型を納期までに完成させる手立てはなかった。

翌日、伏木野は午後からはまた美術館に行くというので、昼の作業は雪見一人で続けることになった。

「なんだ、この木は。誰がこんな大木《たいぼく》植えろって言ったよ。しかも得たいが知れないし」

スチレンボードの街並みの中央。住民たちの憩《いこ》いの場となるべき公園を確認する雪見は、シーナリーパウダーの芝生《しばふ》の中に聳《そび》え立つ木に溜め息をつく。

巨木《きょぼく》だ。この木なんの木……とでも歌い出したくなるような幹《みき》も葉の茂《しげ》みも立派《りっぱ》な木。そりゃあこんな木があれば、自分だってちょっと木陰《こかげ》に寝そべりたくもなるけれど、樹齢《じゅれい》何百年だかも判らないような不思議な大木が分譲住宅地に植わるはずもない。

やはり感性だけでものを作っている男だ。

うっかり手伝いを受け入れたのは間違いだったかもしれない。

小さな体でさえなければ、伏木野を頼るなんて間違ってもしないのに。階段を飛び降りる以外に目覚める方法があれば、こんな苦労はしないですむのに。

早く元に戻りたい。

「くそっ、切り倒してやる」

雪見は多少は扱《あつか》いなれた大刀こと、カッターナイフを振り上げた。しかし、幹の芯《しん》は針金の束《たば》でできており容易《ようい》ではない。

「……はあ、はあっ」

無駄に息が切れただけだった。これでは一人で制作しているときと労力《ろうりょく》は変わらない。むしろ、伏木野に好き勝手にイメージを広げさせないという仕事が増えた。

――一息つこう。

昼の三時を回っていた。冷蔵庫から冷えた飲み物とはいかないけれど、インスタントコーヒーを淹《い》れる準備は整っている。

中央の作業台から、雪見のハウスのある窓際の机には、幅《はば》二十センチほどの分厚《ぶあつ》い板が橋板代わりにかけられていた。頼りない幅の板を伏木野がかけようとしていたのを、なんだかんだと理由をつけて頑丈《がんじょう》にしてもらったものだ。それでも高所恐怖症の雪見には辛《つら》いものがある。

なるべく下を見ないよう歩いていると、どこからか物音がした。

トンっとなにか軽く打つみたいな音だ。

「……な、なに？」

こんな金目《かねめ》の物なんて間違ってもなさそうなボロ家に泥棒《どろぼう》などではないだろう。きょろきょろと辺りを見回すと、雪見は原因を見つけた。茶色い縞《しま》の丸々と肥《こ》え太《ふと》った猫が、土間《どま》の上をのっそりとした動きで歩いている。

門扉《もんぴ》を塞《ふさ》いでいたあのトラ猫だ。風通しに開いた窓から入ってきたらしい。

「デブ猫、おまえ動けたのか」

猫は面倒臭《めんどうくさ》そうにちらとこちらを見上げた。

「ていうか、勝手に入ってくるな。ここはボロくても空《あ》き家《や》じゃないんだぞ。不法侵入だ、ほら出て行けよ！」

しっしっ。板の上でひらひらと手を振ってみるも、雪見の言葉など理解する様子もない。猫は相変わらずのっそりとした動きで、逆にこちらへと近づいてきた。

「呼んでないって、出てけって言ってるだろう。こっちに来たって食べ物なんかなにもない……」

とすっと着地の音が響いた。見た目にそぐわぬ動きで猫は橋板に軽く飛び乗り、音のわりにびりっと大きな振動が板を走り抜けた。

ぶるり。振動に雪見の体も震える。猫は真《ま》っ直《す》ぐにこちらを見ており、その顔の位置はきっちりと上空だった。

デカい。思いがけずというか、当たり前に今の雪見を遙《はる》かに凌《しの》ぐそのサイズ。自分はといえば獲物《えもの》には持って来いの大きさだ。

襲《おそ》われる。

そう考えずにはいられなかった。

マイナスの想像は、まるで誘《さそ》い水《みず》になったみたいに現実に変わる。

猫は低く態勢を構えたかと思うと、シャアッと牙《きば》を剝《む》いた。トラやライオンも敵《かな》わない迫力に、雪見は身を仰《の》け反《ぞ》らせた。

「……ひっ……ま、待て！　待て、待て、待てと言ってるだろっ！」

雪見は踵《きびす》を返して逃げ出した。

そうせざるを得なかった。

猫……いや、猛獣《もうじゅう》が追ってくる。ダンッと振り下ろされた鉤爪《かぎづめ》の前足に、『ぎゃっ』と情けない悲鳴を上げながら、雪見は橋板を渡ってすぐの自分のハウスに逃げ込んだ。

オープンになったダイニングなど意味がない。すぐさまハウスの端の塔になった部分、壁に囲まれた奥の寝室に飛び込んだけれど、ほっと息をつけたのは束《つか》の間《ま》だった。

メキッと音が響いたと同時に窓が吹っ飛んだ。

「わっ！」

前足が突っ込んでくる。ぷにっとした肉球《にくきゅう》の足が、雪見を引き摺り出そうと攻撃的に中を引《ひ》っ掻《か》き回《まわ》す。

「やめろっ、壁紙に爪を立てるな！　バカっ、その家具マホガニー材だぞ！　何日かかって作ったと思って！　ああっ、そんなっ……」

窓枠《まどわく》どころか、壁が引っぺがされた。屋根が落ちてくる。ドールハウスの上にどっかりと体重を乗せたデブ猫は、まるでその強さを誇示《こじ》するかのように唸《うな》り声《ごえ》を上げる。

最早《もはや》猛獣でもなく、怪獣《かいじゅう》だ。

「わかっ、判ったっ、俺が悪かった！　デブなんて言って、悪かったよっ！　なんでもやるから俺のことは忘れてくれ！」

叫びながら崩れゆくハウスを飛び出す。いつから自分はこんなハチャメチャな人格に成り代わったのか。

長い作業机の天板の上を走り始めた雪見を、猫は見逃さなかった。行き場はない。机を下りる方法もない。それでもただひたすら走る。

やがて反対側の壁が目前《もくぜん》に迫ってきて、行き止まりに絶体絶命《ぜったいぜつめい》。万事休《ばんじ》すと思った瞬間目に飛び込んできたのは、机に立てかけられたロール紙だった。土間の床に向かって斜《なな》めに伸びている。

壁紙だか図面だか知らない。とにかく避難《ひなん》シュートでないのはまず間違いなかったけれど、雪見は僅《わず》かに開き気味になったロール状の紙の縁に駆け乗った。

滑《すべ》る。

予想を遥かに超えたスピードで滑降《かっこう》する。

「うわわあああああっっ!!」

なんの大冒険だ。

突っ込みを覚える暇はなかった。ダンッと猫は一足飛びに机から土間へと飛び降りてきた。

雪見は広大な土間を走った。方角も判らず、ただ闇雲《やみくも》に走り抜けた。脂肪の腹をゆっさゆっさと揺らしながら、一向《いっこう》に飽きる気配もなく自分を追いかけてくる猫から逃れようと懸命になる。

積まれた古雑誌の塔《とう》を避《さ》け、得たいの知れない荷物の間を掻《か》い潜《くぐ》り――息はとうに切れ、悲鳴も出ない。猫にやられるのが早いか、心臓が破裂するのが早いか。そんな瀬戸際《せとぎわ》の思いを味わいながら縺《もつ》れそうになる足を動かしていると、目の前に巨大な扉が見えた。

引き戸だ。開いている。なんの棚だかも判らないまま、洞窟《どうくつ》のようにぽっかりと開いた暗がりへ、雪見は命からがら転がり込んだ。

ざらついた棚は靴箱だった。元は車庫である土間の奥に設置《せっち》された作りつけの靴箱。とにかく這いずって奥へと進んだ。

「はあっ、はあっ」

立ち上がろうにも、もう腰が抜けていた。

がりがりと耳障《みみざわ》りな音がする。諦《あきら》めの悪い猫が引き戸に爪を立てる音に、最奥《さいおう》まで辿《たど》り着《つ》いた雪見は恐怖に身を震わせた。今にも扉がするりと開いて襲いかかってきそうな気配に、居《い》ても立ってもいられずスニーカーの一つに潜《もぐ》り込《こ》む。

靴箱内は蒸し暑かった。履《は》き古《ふる》しのスニーカーの中など劣悪《れつあく》な環境のはずなのに、不快どころかほっと安堵した。引き戸を掻く爪の音が遠く聞こえる。やわらかな靴のクッションのせいかもしれない。

土埃《つちぼこり》の匂いがした。日向《ひなた》の匂いだ。

靴の中で丸くなると、まるで布袋にでも包まれたみたいで、雪見は伏木野のポケットの中にいるような錯覚《さっかく》を覚えた。

乗り物酔いはゴメンだけれど、あの中なら安心だ。デブ猫一匹ぐらい熊男が捻《ひね》り倒《たお》してくれる。

くだらない妄想を現実逃避に思い浮かべていると、雪見はいつの間にか本当に気が遠退《とおの》いていた。


どれくらいそうしていたのだろう。暗い靴箱の中では、猫が去ったのも、日が沈んだのも判らなかった。

疲労がどっと噴き出した雪見は、自分が眠ってしまっていることにも気づいていなかった。小さいせいか、どうも体が疲れやすい。

「雪見っ」

自分の名を呼ぶ声をどこか遠くで聞いた。

「雪見っ、雪見っ！」

何度も繰り返すその声は、次第に荒く大きくなっていき、『うるさいな』と思う。眠りの淵《ふち》から意識を引き摺り出す声に、雪見はもぞもぞと靴の中で体を動かして起き上がった。

眩《まぶ》しい光が差し込んでくる。

「……うわっ」

いきなり大きく開いた扉。降《ふ》り注《そそ》ぐ蛍光灯《けいこうとう》の明かりに包まれ、まだぼうっとした頭の雪見は目をしょぼしょぼとさせた。確認すれば、血相《けっそう》を変えて騒いでいるのは伏木野だ。

「雪見っっ!! こ、こんなとこにっ」

どうやら自分を探し回って靴箱に辿り着いたらしい。

「猫っ、猫の足跡がっ」

言葉がいつも以上におかしい。心臓に毛どころか、剛毛《ごうもう》が生え揃っているんじゃないかというほどいつも無駄《むだ》に落ち着き払った男が慌てふためいている。

「ハウスっ、おまえのハウスがっ」

いよいよ日本語が喋れなくなったか。

呆気《あっけ》に取られる雪見はようやく目も醒《さ》めてきた。眠り込んでいる間に猫は去り、代わりに伏木野が帰宅していたようだ。

「ああ……うん、野良猫に襲われてさ。あの畜生《ちくしょう》め、俺が時間をかけて作った気に入りのハウスを……」

「よかっ、よかった、生きてた」

ゴツッと激しい音がした。状況を説明する雪見を覗き込んでくる男は、急に身を屈めたせいで額《ひたい》を靴箱の棚に盛大《せいだい》にぶつけた。

「おまっ、伏木野、頭……」

雪見は驚いたけれど、本人に一向に構う様子はない。雪見の入ったスニーカーの右足を両手で大事そうに取り、伏木野は持ち上げる。

体がふわりと気球にでも乗ったみたいに宙に浮いた。スニーカーの中にぺたりと腰を落としたままの雪見は、呆然と男の顔を見つめ返す。

「生きてた。おまえ、生きてた。生きてた」

低くたどたどしい、いつもの声。気が抜けたように土間の床にしゃがみ込み、伏木野は何度も何度もそう繰り返した。


ハウスは全壊ではなかったけれど、とても人の住める状態ではなくなっていた。

べつにハウスの中でなければ眠れないわけじゃない。幸い夏なので、寝具さえあれば一日ぐらいはどうとでもなる。

雪見は、衣類や食器などの生活必需品と共にベッドを引っ張り出した。囲《かこ》いがまったくないのも落ち着かないので、その晩は隣に元から置かれていた伏木野のハウスとの間にベッドを押し込み就寝《しゅうしん》することにした。

目を覚ましたのは、眠りについてすぐだ。

元々眠りは浅い。おまけに昼の災難のせいでよく寝つけず、隙間風が吹き抜ける音にも雪見は周囲を窺ってしまう。

ざりっと鳴った音に、びくりと緊張感を走らせた。

すぐに伏木野が土間に下りてきた足音だと判った。暗がりの中でこちらへ歩み寄ってきた男は、ベッドに雪見がむくりと体を起こした姿を見ると、ぼそっとした声で言った。

「ああ、起こした。悪い」

なにか忘れ物でも取りにきたのかと、あまり気にしなかった。

再び物音に目を覚ましたのは、たぶんそれから三十分と経たない頃だ。

「ああ、起こした。悪い」

同じ言葉を伏木野は繰り返した。

そして、三度目。雪見はすぐに伏木野の気配を察し、今度は起き上がらずに様子を窺ってみた。原因を探ろうとしたというよりも、またかと呆《あき》れる気持ちのほうが大きかった。

落ち着きのない男だ。伏木野は真っ直ぐに向かってくると、机の前で足を止めた。薄目を開けて確認すると、どうやらこちらを覗き込み、眠っているかどうかを確認している様子だ。息を殺してみたものの、すぐに立ち去る気配もない。寝たふりをするのもなんだか馬鹿らしくなって、一言言ってやるとばかりに雪見は身を起こした。

「なんなんだよ、さっきから！　落ち着かないんだよ、眠れないじゃないか！」

暖簾《のれん》に腕押し。怒ったところで、窓からの月明かりに照らされた男は僅かに目を瞠《みは》らせるだけだ。

「おまえ、いるかと思って」

「は？　いるに決まってるだろう、寝てんだから。いくら妖精サイズになったからって、俺は夢遊病《むゆうびょう》なんて……」

そこまで言《い》い募《つの》ったところで、雪見はもしやと思った。

「もしかして、俺が無事に寝てるか気になってるのか？」

「ああ」

「ドアも窓も戸締まりはちゃんとおまえが確認してただろう？　猫は入ってこないよ。俺は大丈夫だし、もういいから。そう何回も覗いてたら、おまえだって落ち着いて寝れないじゃないか」

拍子《ひょうし》抜《ぬ》けして、毒気《どくけ》の抜けたみたいな声になる。

「……判った」

伏木野は素直に受け入れたかに見えた。けれど、身を屈めていた男は立ち上がり際《ぎわ》、ひょいと雪見をベッドから摘《つま》み上《あ》げた。

なにをどう理解したのか。日本語が不自由なのは喋りだけじゃなく、ヒヤリングもか。

「どっ、どこに連れて行くんだよ!?」

「俺の部屋だ。俺と一緒に寝ろ」

なるほど、そうすれば猫の心配も、覗きに来る必要もない。頭いいな——って、そんなわけはない。

雪見は途端に手足をバタつかせた。

「バカっ、下ろせっ、誰がおまえなんかと一緒に寝るかっ」

「だが、眠れないんだろう？　俺が覗きに来たら。おまえ、そう言った」

「だからっ、おまえが来なきゃそれでいいんだよ！」

土間から廊下に上がろうとしたところで、伏木野は一瞬足を止めたものの、結論は変わらなかったらしい。

「無理だ」

一言で拒否だ。雪見の口先の抵抗などものともせず、ずんずんと軋《きし》む階段を上がり、二階の部屋に辿り着いた。

伏木野の寝室は、上がってすぐの和室だった。殺風景《さっぷうけい》な部屋で、小さなテレビと乱雑に服のかけられたラックぐらいしかない。だらりと下がった蛍光灯の紐《ひも》を伏木野は引っ張ると、明かりを消し、布団にごろりと横になった。

「おまえも寝ろ」

「寝れるわけないだろう、こんな状況で」

雪見は伏木野の手のひらの上だ。

横臥《おうが》した男は、そこがもっとも安全とばかりに雪見を乗せたままの右手を、枕の脇《わき》に置いた。布団にすら下ろしてもらえず、シャツの裾が閉じた男の指の間にがっちりと挟み込まれていて、半身を起こすことぐらいしかできない。

「おいっ、俺はおまえのペットでも、手乗りインコでもないぞ」

ぐちぐちと文句を零《こぼ》すも、伏木野は聞く耳を持たなかった。やがてあろうことか寝息まで響いてきて、神経図太《ずぶと》いったらない。

「くそ、無駄にデカイ手だな」

諦め気味に手の上に横になってはみたが、こんな状態ですぐに眠れるはずもなかった。

伏木野に潰されやしないかと、ひやひやする。

けれど、いつまで経っても、伏木野は雪見を乗せた手だけはその場から動かそうとしなかった。まるで眠っていても、大事なものがそこにあると意識してでもいるかのように。

本当のところ、雪見も今夜は不安が抜けきれないのは確かだった。

隙を見て手のひらから下りようと思っていたけれど、ぬくぬくとした男の手のひらの上はあのシューズの中のように妙に落ち着いた。部屋のクーラーのせいかもしれない。狭い和室は異常に効きがいいようで、少し離れようとすれば冷気が体を包んでぶるっと震える。

伏木野の人差し指の辺りを枕に、雪見は丸め気味にした体の力を抜く。爪の縁に塗料《とりょう》の入り込んだ指はまったく美しくはなかったけれど、不思議と気にならなかった。

雪見はぼうっと開いた目で、すぐ先にある男の顔を眺めた。

「大仏《だいぶつ》みたいにデカイな」

憎まれ口を叩いてみるも、寝ている男からはなんの返事もない。

「鼻息噴きかけないでくれよな」

舌打ちも交《まじ》えてみるも、やっぱり反応はない。

雪見は何度か返事がないことを確かめるみたいに不満を並べた。

そして、ぽつりと問いかけた。

「なぁおまえ、そんなに俺のこと心配してくれたのか？」

自分を見つけたときの、言葉もまともに出ないほど焦っていた男の顔が思い起こされる。

眠っている伏木野からは答えは返ってこない。雪見はやっぱりそれにほっとした気持ちで、ただぼんやりとその顔を見つめ続けた。

無駄な肉のあまりない浅黒い顔。月明かりが高い鼻梁《びりょう》やその顔の輪郭《りんかく》を際立《きわだ》てている。体のデカイ熊男というよりも、ライオンやトラなどのしなやかな獣《けもの》を連想させる。

どちらにしても野性味たっぷりで、自分とは対極の顔だ。

「結構……悪くない顔なのにな」

靴箱に打ちつけ、うっすらとデコの腫《は》れ上《あ》がった男の顔を、雪見は眠りに落ちるまでずっと見ていた。

「なあ伏木野《ふしきの》、前から思ってたんだけど、おまえの名前って女の子みたいだよな」

カッティングマットの上の雪見《ゆきみ》は、両足で押さえた精密《せいみつ》木材を慣れた調子で切断していきながら問いかけた。

夕飯を終え、夜の作業を始めたところだった。

ここでの作業も五日目だ。今日も伏木野は午前中は自分の仕事をこなし、午後は美術館に出かけていた。

一方、雪見は一日中黙々《もくもく》と大工仕事もどきの模型《もけい》作り。体はきりきりと動いていても頭のほうは案外退屈《たいくつ》で、特に午後を一人で過ごした後は微妙に人恋しかったりもして、自分から話しかける回数が増えた。

伏木野は相変わらずで、発する言葉数の少なさときたら幼児にも劣《おと》る。

「名前？　そうか？」

ハウスの組み立てを手伝いながら男は応《こた》える。

「そうか…って、気にしたことないのか？　変だろ。だってマドカなんて、普通女の子の名前だろう？」

「そうか……それも、そうだな。気づいてなかった。呼ぶ奴、いないしな」

「いないって、寂しい奴だな。おまえは愛想《あいそ》なさ過ぎだから友達もできないんだよ。まぁどうせいなくても困らないとか思ってんだろうけど？　ほんっと、協調性どころか社会性のカケラも見当たらないっていうか、よくそんなんで……」

雪見は言いかけ、はたと気がつく。

「ん？　そういえば、親はどうしたんだ？　名前は親が呼んでるだろう？」

至極《しごく》当然の疑問には、端的《たんてき》な答えが返ってきた。

「いない」

「え？」

「いなくなった。小学校の二年のとき。朝起きたらいなくなってて、それから会ってない」

雪見は言葉を失った。

まさかそんな大事《おおごと》が伏木野の幼少時代にあったとは。足元の木材をカットしていた動きは止まり、作業台の傍《かたわ》らに立って家の屋根を組んでいる男を驚いて見上げる。

「それって……失踪《しっそう》ってこと？　二人共か？　まさか事件とかじゃないよな？」

「二人って？　ああ、父親なら元々いない。手紙あったから、事件もないな」

「お、おまえの母さん一人で……いろいろ大変だったのかな。子供を残していくなんてよっぽどじゃないと……」

言葉を選ぼうとすればするほど墓穴《ぼけつ》を掘った。

「さぁ、どうだろう。子供は嫌いだってずっと言ってたからな」

「そんな……だったら産まないだろう」

「なんか、祝い金とかいうのが貰《もら》えるらしい。子供産んだら。それで、迷ったけど俺を産んだって。手紙には『男と暮らしたいからゴメン』って書いてあったな」

もう絶句するしかない。カッターナイフを胸元に抱いて突っ立ったままの雪見に、伏木野はさらに追い討ちをかけるように言った。

「ああ、思い出した。俺の名前は金からつけたそうだ。単位だな、金の」

無茶苦茶だ。金のためにとりあえず産み、おざなりな名前をつけ――そして、邪魔になったから置いていったなんて、そんなこと本当にあるのか。

これがただの自分の想像の作り話であればいいと、心底思う。

美大時代、そんな話を噂にも自分は聞いていただろうか。思い出せない。

「お、おまえそれでどうやって生活してたんだ？　いきなり小学生で一人とか、暮らせないだろう？」

「しばらくは一人だったな。学校行ったら給食食えるし、あと草とか」

「草？」

「草だ。その辺《へん》、生《は》えてるやつ。冷蔵庫にマヨネーズとかあったし」

おやつ代わりに子供の頃草を食べた、なんて話をタレントがテレビで話しているのを聞いた覚えがあるけれど、伏木野のは笑えない。ちっとも笑い話になっていない。なにしろ完全に食料だ。

「けど、給食費払えなくて。家賃とかも。金払えって言う奴が来て、一人で住めなくなった。なんかすぐに警察引っ張ってかれて、それからどっかの施設連れてかれて……」

保護されたという発想はないのか。母親の非常識さは言うに及ばずだが、残念そうな顔をする伏木野もやはりどこか常人とズレている。

育った環境のせいなのだろう。放任……というより放置のせいで、おそらく伏木野は親がいるときから一人でいるのと変わらなかったのだ。

「それで、そこで無事に生活できたのか？」

「いや、一月《ひとつき》後に親戚の爺《じい》さんって人が現れて引き取られた。どうせ家族もいないからってな。けど、爺さんも年だったし、体も悪かったから俺が高校入学してすぐ……この家、残してくれたよ」

「おまえに遺産残してくれたのか」

「そんなすごいもんじゃない。だが、感謝してる。爺さんには」

確かに残してくれた家がこの家では、その老人の財産はたかがしれていただろう。当面の生活で消える程度の貯《たくわ》えだったはずだ。

「けど、おまえ……そんなに金ないのに、なんで美大に入ったんだ？　美大なんて金かかるだろ。奨学金《しょうがくきん》もらえてたのかもしれないけど……」

「入りたかったから」

単純かつ明快な答えだ。

「あ……そう」

素《そ》っ気《け》ない反応になりながらも、妙に納得した。

大学は目と鼻の先だ。通う学生を見るうちに興味を持ったのかもしれない。伏木野は馬鹿みたいに自分に正直な男だ。美術を学びたいから入学し、ドールハウスを作りたいから就職せず、自分が求めるものだけのために生きている。

嫌いなことはたぶん一切《いっさい》やれない男だろう。

我儘《わがまま》というより、ほかに行動する術《すべ》を知りそうにない。

「でも、そんなんじゃ生活に困ることだってあっただろう」

確か美大時代はガテン系のバイトをしていたはずだ。それでますます日に焼けて、美大生にはあるまじき男臭さで、むさ苦しいと雪見は毛嫌いしていた。

「ああ、バイトはしてたんだが、なんかいつも金なくてな。気がついたら、材料とか画材に消えてたからかな。食うもんに困ること多くて」

「まさか、また草食ってたとか言わないだろうな？」

「そこまでは困ってない。ただ一日水だけの日とか、結構……」

――困ってるじゃないか。

普通ないだろう。断食《だんじき》ダイエット中の女の子じゃあるまいし。

「雪見、あの頃おまえが食わせてくれて助かった」

「え？」

「パン、いつもくれただろう」

「いや、べつに俺はおまえの食生活を心配したわけじゃ……」

認識の違いに驚いた。あれはただの……そう、騒音対策だ。

雪見にとっては耳栓《みみせん》をするのと同じ。転ばぬ先の杖《つえ》で、腹を鳴らされないよう、多少の投資は厭《いと》わなかっただけだ。

そんな、養《やしな》ってでもいたかのように言われても困る。

「雪見、おまえ、優しい奴だな。ずっとそう思ってた」

白い歯とか見せられても、本当に困る。

伏木野はぎこちなく笑った。まるで犬がニイッと牙《きば》をむいて笑顔を作るみたいに、不自然極《きわ》まりない笑い顔だったけれど、初めて見る表情に雪見はおっかなびっくり、どっきりして腕の中のカッターナイフをさらに抱き締める。

大学を卒業して四年、出会ってから八年も経《た》ってから耳にする様々な話。

異常にコミュニケーション下手《べた》で、会話が苦手なその重大な訳も。思いがけず伏木野に感謝されていたらしいということも。

現実と夢の境目があやふやだ。あの頃尋ねても、同じ話を伏木野はしただろうか。摑めない男ではあったけれど、隠し立てはしそうもなかった。

ただ自分が、今まで伏木野自身に興味を持たなかっただけだ。

そして今、知りたいと訊《き》いてしまっただけだった。

そういえば、あの『約束』とか言っていたのはなんだったのだろう。

雪見は、それについては触れなくなった男の顔を、ふと疑問に思って見た。


デブ猫の一暴れで、雪見はハウスを追われ、結局落ち着いたのは伏木野の制作したドールハウスだった。

なにしろ時間がない。模型制作を手伝わせている上に、自宅にまたハウスを取りに向かわせるのはさすがに気が引けて、素直に借りることになった。

不思議と最初のときほど拒否反応も覚えなかった。一緒にいるうちに伏木野に絆《ほだ》されてきてしまったのか。悔しいけれど多少の自覚はある。

雪見が選んだのは洋風の一軒家だった。こじんまりとしていたけれど、草原の真ん中辺りにぽつんと古くからあったりしそうな民家で、昔観《み》た洋画の家にでも似ているのか妙に懐かしい感じがした。

そして暮らしてみて判った。伏木野のハウスは、見た目ほど歪《ゆが》んではいない。特に床やテーブルは水平計ででも測ったかのように完全なフラットで、適当に組まれたものではなく計算されていた。

居心地がいいわけではない。癖のある小物がそこら中にセッティングされているためか、落ち着かない。けれど、いいかげんな仕事でないのは認めざるを得なかった。

「伏木野、まだ寝ないのか？」

深夜、表に出ると伏木野がいた。喉《のど》の渇《かわ》きを覚え、パジャマ姿でむくりと起き上がった雪見がハウスを出たところ、明かりの落ちた工房に、作業机のデスクライトが点《つ》いていた。

なにやら細かい作業をしているらしく、大きな背中を丸めた伏木野は机に顔を寄せている。

こちらを見ないまま応《こた》えた。

「ああ、あと少しだから、これ終わらせてしまおうと思って」

数日前から作っている、雑誌掲載用の依頼作品とかいうのだろう。

「おまえ、もしかして俺の仕事ばかり手伝って、自分の仕事が遅れてるんじゃないのか？」

「大丈夫だ、間に合う」

『間に合う』とは、納期《のうき》が間近に迫っているからこその言葉だろう。

なんとなく気になって見守る。

伏木野は同じ動作を繰り返していた。一つ作っては、ひょいと机の下へ放る。どこにやっているのかと思い覗《のぞ》いてみれば、椅子の足元のゴミ箱で、理解に苦しむ。

「なんで捨てるんだ？」

「気に入らない。レジンに気泡《きほう》が入った」

「その前のは？」

「気泡が入らなかった」

「……今作ったやつは？」

「気泡の位置が駄目《だめ》だ」

会話をしている間にも、数個の小物がゴミ箱に消えた。気に入るまで何個でも作り続けるつもりらしい。

不器用なのか凝《こ》り性《しょう》なのか。いずれにせよ、異常に根気強《こんきづよ》い。

雪見は二階で見たドールハウスの数を思い出した。二階の奥の部屋は完成したハウスの保管場所になっており、今借りて住んでいる家はそこで選ばせられたものだ。

美術館の展示品、売られていったであろうハウス、それらも考えるとおそらく夥《おびただ》しい数にのぼる。すべて今目にしているやり方で作っているのだとしたら、根気というより最早《もはや》執念《しゅうねん》だ。

「なぁ伏木野、おまえなんでドールハウス作りを始めたんだ？」

その場に腰を落とした雪見は、抱いた膝《ひざ》の上に顎を乗っけて男を見た。今までも気にならなかったわけではないけれど、ますます疑問だ。

伏木野の手の大きさからして、本来細《こま》かい作業には向いていないはずだ。小さなものを自在に操《あやつ》るには、断然指先が細《ほそ》いほうが楽にできる。

伏木野の返事はなかった。どうやら集中してしまったらしい。

雪見はもう一度語調を強めて繰り返した。

「伏木野っ、なんでドールハウス作ってるんだっ?」

どうしても今聞いておきたいと思った。

知りたいのだ。

「なぁ、おまえ、なんで……」

聞こえていたのか、三度目の途中で伏木野は応えた。

「好きなんだ。小さいものが」

「小さいもの? どうして?」

「自分の思いどおりにできる。自分で作って、自分で守れる」

自分の望むままの世界を作り上げる。そう、ドールハウスは箱庭にも似ていた。

雪見がドールハウスにのめり込んでいった理由とほぼ変わらない。ただ、『守る』という発想だけはなかった。

伏木野はなにからハウスを守りたいのか。まさか近所の野良猫ではないだろう。

守るべき、自分の世界——

ハウス、すなわち『家』。たぶん生《お》い立《た》ちの中で、伏木野が最も縁遠《えんどお》かった世界が普通の家だっただろうだけに、大きな意味を持っている気がした。

考え過ぎだろうか。伏木野はなにも難しいことなど考えていないようにも見える。ただ、自分の目指すものを無心で作り上げているだけかもしれない。

雪見は長い間、デスクライトの明かりに深い陰影を作った横顔を眺め続けていた。


雪見《ゆきみ》の模型《もけい》が完成したのは予定よりも随分《ずいぶん》早かった。伏木野《ふしきの》への指示の仕方に慣れてしまえば、二人での作業は思いのほか捗《はかど》り、十日与えられたところを一週間で完成した。電話で明日納品《のうひん》すると告げると、発注先もとても喜んでいた。

完成した模型を前に、歓声《かんせい》を上げずにもいられない。まるで美しい丘陵《きゅうりょう》の街並みのように、作業台の上の模型は雪見の眼前《がんぜん》に広がっている。

「快挙《かいきょ》だ！」

もっとよく見ようと、嬉しげにぴょんぴょんと飛び跳ねる自分を、傍《かたわ》らに立つ伏木野が見ている。その眼差しに気づき、雪見は慌てて冷静を装《よそお》った。

「とにかく、間に合ってよかった」

いけない。どうも小さな体では、オーバーアクションでなくては何事もこなせないため、喜《き》怒哀楽《どあいらく》を過剰《かじょう》に表現するようになってきた。

自分の動きはいちいち子供みたいだ。

「明日の午前中でいいなら、納品は俺がやってやる。代理ってことでいいだろ」

「た、助かるよ、伏木野」

雪見は、未《いま》だまともに伏木野以外の人間の前に姿を現したことはない。

「けど、いつまでもおまえ以外の人間と会わないでいるわけにもいかないよな。おまえに一生世話になるわけにも……」

「そんなこと気にしなくていい」

「……へ？」

強い声に驚いた。人の言葉を遮《さえぎ》るのも少し早口になるのも、伏木野には珍しい。

呆然と顔を仰《あお》いだ雪見に、『あ』と一言漏《も》らした男は、今度は普段どおりのぼそっとした声で言った。

「なにも今夜そんなこと心配しなくてもいいだろう。せっかく、模型も仕上がったんだ。もっと、喜べ」

「あ、ああ……そ、それもそうだな」

「それより食事、買ってきた。腹減っただろ？」

時刻は午後八時になろうとしていた。美術館の帰りに夕飯を買ってくるのは、伏木野の日課だ。食にまったく拘《こだわ》りのない男が買ってくるのは決まってコンビニ弁当で、食事の場所も作業机の上と、やや荒《すさ》み気味の食生活だ。

今夜も伏木野は食卓に変えるべく、窓際の作業机のものをどかし始める。

けれど、昨日までとちょっと違っていた。

「なんで、そんなに……」

どこまでスペースを空《あ》けるのかと思った。いつもはちょいちょいと道具やらを動かすだけなのに、雪見のハウス前までせっせと片づける男に戸惑う。

どっかりと机に白い袋が載せられ、雪見は目を見開かせた。

「わ、なんだこれ、すごいな！」

伏木野が取り出したのは、やけに立派な惣菜《そうざい》の数々だ。雪見の背丈ほどもあるローストチキンやら、色鮮《あざ》やかな見た目に美しい前菜料理。

「デパートで買ってきた。祝い、だからな。おまえ、こういうのが好きなんだろう？　それから甘いのも……」

高く聳《そび》え立《た》つシャンパンのボトルに、極《きわ》めつけは、ホールケーキだ。大量の菓子もある。

用意されたのはパーティだった。畳《たたみ》サイズの食パンや、衣《ころも》の一欠片《ひとかけら》で口の中がいっぱいになる揚《あ》げ物《もの》にはうんざりしていた雪見も、これには気持ちが浮き立った。

伏木野が皿やグラスを用意すると、目を輝かせて料理の周囲を巡《めぐ》る。胃袋を刺激する匂いが鼻腔《びこう》を擽《くすぐ》った。シャンパンの注《つ》がれたグラスに映る、自分の間延《まの》びした姿を見つけては思わず笑う。

「食おう」

「ああ、しかしこんなに二人で食べきれるかな」

二人というより、一人と『ちょっと』の人数だ。

案《あん》の定《じょう》、雪見の腹はすぐに膨《ふく》れた。シャンパンも、伏木野からすれば一舐《ひとな》め程度の酒量でほろ酔いだ。

まだ久しぶりに飲みたい気分だったけれど、雪見は一旦ミニチュアのテーブルを離れた。アウトドアのようにハウスの外に引っ張り出したテーブルセットから、伏木野の元へと歩み寄る。椅子に座って机に向かい、シャンパンをゴクゴクとビールのようにがぶ飲みしている男の顔を見上げた。

「なんだ、雪見？」

急に傍《そば》に寄ってきた雪見に、伏木野は不思議そうにする。

「伏木野、ありがとう。間に合ったのは、おまえがいて手伝ってくれたおかげだ」

雪見は素直に礼の言葉を口にした。ずっと、曖昧《あいまい》にせずにちゃんと言わなければと思っていた。

自分がそんな風に改まって礼を言うとは予想だにしなかったのだろう。伏木野は面食らった顔だ。

「べ…べつに、俺はちょっと手伝っただけだ。頑張ったのはおまえだろう」

模型のほうを見ると続けて言った。

「いい建築模型だ。きっと客も気に入る」

不意打ちに、今度は雪見が戸惑う番だった。まともな褒《ほ》め言葉が、愛想《あいそ》なしの唇から転がり出すとは考えもしない。

こちらを向こうとした男に慌てた。ただ普通に澄ましていればいいところを、反応を見られまいと、思わず傍の皿に出された菓子を引《ひ》っ摑《つか》んで投げつけていた。

手に取ったのはゼリービーンズだ。伏木野の買ってきた菓子ときたら、パーティのつもりだからか毒々しい色のものばかり。鮮やかな赤いビーンズは、フットボールのように思いがけずよく飛び、男の固そうな額《ひたい》に見事ヒットした。

「なっ……」

デコで弾《はじ》けた菓子に、伏木野は唖然《あぜん》としている。

「ゆ、雪見、なにすんだ」

笑って誤魔化《ごまか》すしかない。

「……はは っ、間抜《まぬ》け面《づら》で油断してるからだ」

しおらしく口にした礼が台無しだ。

「おまえっ」

「うわっ！」

仕返しとばかりに、今度は皿の菓子は雪見目がけて飛んできた。

運動神経の鈍《にぶ》さが露呈《ろてい》する。ぼふっと命中したピンクのマシュマロを胸に抱き止め、雪見はよろけて尻餅《しりもち》をついた。

「ははは っ」

伏木野が笑った。伏木野が声を立てて笑うとこなんて初めて目にした。

とってつけたような乾いた笑い声だ。喜怒哀楽に乏《とぼ》しい無愛想な男は、当然笑うのにも慣れていないのだろう。そんなことをぼんやり考えながら、雪見は再び皿に駆け寄り、手ごろなサイズのゼリービーンズを引っ摑む。

また投げつける。今度は反撃を受けまいと、シャンパンのボトルの陰に逃げ込みながらだ。

白いマシュマロがすぐ脇を掠《かす》め、机の上を転がった。

雪見は縦横無尽《じゅうおうむじん》に机の上を走り回った。運動神経はよくなくとも、様々な物陰に隠れられる点において有利だ。逃げながら、隙をついてはゼリービーンズを投げた。ヒット率は低い。

でも、なんだか無性《むしょう》に楽しくなってきて、雪見は体力を消耗《しょうもう》するほどに笑ってばかりいた。

まるで夢みたいだなと思う。そのとおり夢なのだけれど、こんないかにも不条理な馬鹿げた夢なんて、雪見は長い間見ていなかった。

「あれ？　雪見？」

見失ってしまったのだろう、伏木野の焦《あせ》った声がする。雪見はホールケーキの裏へと走り込んでいた。

「雪見っ、雪見っ!?」

ちらちらと覗いてみるが、明後日《あさって》の方を探している男は気づかない。だんだんと必死な具合になってきて、とうとう菓子袋の中やら、机の下まで探し始める。

「どこだ、雪見？　返事しろ！」

「こっちだよ」

「雪見……なんだ、ちゃんといたのか」

顔を覗かせると、安堵《あんど》した伏木野は表情を緩《ゆる》める。

猫に追われて、靴箱で発見されたときと同じだ。

心底ほっとした顔。無事を確認して嬉しそうなその反応に、雪見はこそばゆい気持ちにならずにいられない。

胸の辺りが痒《かゆ》くてしかたなかった。

「マドカ、円《まどか》ちゃん！」

雪見はケーキの箱の上によじ登りながら、そう口にした。

特に意味はない。名前を呼んでみたのは、ただなんとなくだった。からかってみたくなったのかもしれない。

名を呼んだだけなのに、伏木野はぴくっと動きを止めた。迫力のある目元の切れ上がった眸《ひとみ》をぎろっと向けられ、箱の上に立った雪見は、怒られるのかと体をびくりと竦《すく》ませた。

次の瞬間、驚いた。

伏木野の表情が変わった。

ぼっと火でも点《つ》いたみたいに目に見えて顔を赤くした男に、雪見のほうが動揺する。伏木野は耳まで色づかせた。赤い染料《せんりょう》でも顔に散らしたように真っ赤だ。

「い、いやあの、呼んだのに大した意味は……」

焦って前に出た。伏木野のほうへ歩み寄ったつもりが、雪見は見事に箱から足を踏み外していた。一瞬ときが止まった気がした。もちろんそれは気のせいでしかなく、当然の結果としてケーキの箱から落下した。

手前に並んだホールケーキの上へと身を躍《おど》らせる。

「わっ、わっ、わ……」

白いクリームの上を雪見は歩いた。

新雪《しんせつ》に足跡でもつけるかのように、数歩歩き、けれどそこまでだった。

足を止めると、一瞬の間に体はずずっと沈んだ。最近のケーキときたら柔らかい。どこにスポンジがあるのか判らないほど、ムース状のクリームの層《そう》が連《つら》なっており、舌上ですぐに蕩《とろ》けたりする。

雪見はそれを舌ではなく、全身で感じた。

沈み始めた体は留《とど》まる術《すべ》もなく、ケーキはまるで底なし沼だ。しまいにはずぼっと一気に頭まで埋《う》まり、悲鳴を上げることもできずにクリームの中でもがいた。

「雪見！　雪見!!」

伏木野の声が聞こえる。摘《つま》み出《だ》されたのはすぐだったけれど、正直死ぬかと思った。ケーキで溺《おぼ》れて死亡なんて、とんだ間抜けな死《し》に様《ざま》だ。

「げほっ」

場所を考える余裕《よゆう》もなくへたり込み、げほげほと咳《せ》き込《こ》む。

「雪見っ、雪見っ、大丈夫か!?」

「ん、ああ、助かっ……たっ……」

仰げば心配げな顔をした男が頭上から覗き込んでくる。また少しばかり情けない顔だ。いや強面《こわもて》に変化はさほどないのだけれど、その必死な眼差しや声がまるで主人を失いかけた犬みたいだ。

耳も尻尾《しっぽ》もぺたりと垂《た》れきった大型犬の姿が見えた気がして、雪見は腕で顔を拭《ぬぐ》いながら少し笑う。

ぼたぼたと白いクリームがテーブルに落ちた。

「うわ、これはひどいな……」

雪だるまにでもなったみたいだ。全身服の色も判らないほどクリームまみれで、ひどいと言いつつも、ここまで来ると本当に笑うしかない。

へらへらと雪見は頬を緩ませた。

「わっ……」

少しざらりとした大きな柔《やわ》らかなものが、自分の顔から頭をぞろりと拭い上げる。

ちょっと驚いた。けれど、あまり不快ではなかった。その行為は主人の無事を喜ぶ犬の感情表現みたいだし、走り回って興奮冷めやらない気分でもあった。

気に留《と》めず笑い続ける雪見を、伏木野は一心にその舌で舐める。

「もういいから、やめろ」

ストップ。雪見は苦笑しつつ、制止するつもりで片手を上げた。

冷静になってくればおかしい。

犬の舌ではない。

人間の舌、伏木野の舌だ。

「うわっ」

不意に腕を取られて驚いた。小枝でも軽く摘むみたいに指で捻《ひね》られ、それだけでころっと机に転がってしまった。

雪見は、ただただびっくりして目を見開かせる。

「ふ、伏木野？」

見上げた男の顔は笑ってはいなかった。じっと自分を見下ろしてくる。同じ強い眼差しでも、さっきまでの必死さとは違う。

「ちょ…ちょっと、なに？　なんだよ」

少し怖い感じがした。

「雪見」

「な、なんだよ？」

続く言葉がありそうなのに、口数の少ない男は自分の名を繰《く》り返《かえ》すばかり。

「雪見」

なにも言われないのも落ち着かないけれど、その先を聞くのはもっと恐ろしい感じがする。防御《ぼうぎょ》本能か。雪見は尻でずり上がり、半身を起こそうとする。

「ふ、風呂に入る。悪いが湯を用意してくれ。それから……その指を放してくれないか」

努《つと》めて平静を装った。摘まれたままの腕を軽く揺すってみたけれど、伏木野が従《したが》う気配はない。もう一度鋭《するど》く命じようとして、雪見はひっとなった。

ぞろりと再び舐め上げてくる舌先。クリームで重たくなった衣服の上で、伏木野の舌が腹のほうから雪見の顔めがけて這《は》い登《のぼ》ってくる。

「もっ、もうそれはいいって……」

菓子の匂いが、そこら中いっぱいに広がる感じがした。

頭が芯《しん》から溶け落ちてしまいそうな甘い匂い。舌の動きに合わせてシャツが捲《めく》れ、その下に現われた白い腹を、伏木野は食い入るように見下ろす。

指先を服に引っかけられた。軽く引っ張られただけで、頼りないシャツの合わせ目のマジックテープは、いとも簡単に剝《は》がれる。

「こっ、こんなとこでべつに脱がなくったって……いっ、いいから俺はもう風呂に入りた……」

「……雪見」

物言いたげな視線を向けるくせに、伏木野が零《こぼ》す言葉は自分の名ばかりだ。

裸の胸に指を押し当てられた。たった一本の指。けれど、体の半分の幅もある指の重さに、心臓は雪見の意志とは無関係に緊張してどっどっと早鐘《はやがね》を打ち始める。

自然と肩が弾《はず》んだ。荒れた息の連続に胸は浮き上がり、凹《へこ》んだ腹のほうへと指は誘い込まれたみたいに滑《すべ》り下《お》りる。細いゴムが通っただけのズボンがずるっと下ろされ、雪見は動揺のあまり罵《ののし》る声も出なかった。

「雪見……おまえ、パンツ穿《は》いてないのか？」

淡々《たんたん》として聞こえる男の声が、目の前の光景を言葉にする。

「……しょ、しょうがないだろ、下着は替えがないんだから」

服は伏木野が買ってきてくれたが、小さな人形服に下着はない。人生初のノーパン生活。落ち着かないことこの上なかったけれど、スースーするのにもようやく慣れたところだった。

「は、放せよ……頼むから、もう……」

力ない声に変わっていくのを止められない。風が通るどころか、下半身が人前で丸出しだ。しかもその相手は伏木野ときた。

「や、やめろって言ってるのが聞こえないのかっ！」

声が上擦《うわず》る。足に絡《から》まったズボンを引っこ抜こうとする指を蹴《け》り上《あ》げたが、無意味だった。鋼《はがね》やコンクリートでできた物体のように、伏木野の指はびくともしない。

圧倒的な力の差。両足を取られ、紙人形みたいに裂《さ》いて壊されるのではないかという恐怖で雪見は慄《わなな》いた。

「やめろっ、やめろっ、放せよっ！」

馬鹿みたいに叫んだ。あらんかぎりの力で手足をバタつかせ、陸に打ち上げられた小魚みたいに胴体《どうたい》も跳ね上げる。

「暴《あば》れないでくれ、雪見」

「だったらやめろよ！　なんっ…だよ、なんで急にこんなことするんだ、おまえは」

「急にじゃない。たぶん……見たかった。俺は、ずっと」

「見たいってなにがだ？」

自分のこともよく判らないのか、伏木野は一瞬考えるように動きを止め、それから単語一つで答えた。

「全部」

こちらの意志はお構いなしだ。考えが纏《まと》まったらしい伏木野は、頼りない雪見の四肢《しし》を封じ込んだ。

標本《ひょうほん》みたいな格好《かっこう》で体を開かれ、ただでさえ屈辱的《くつじょくてき》なのに、デリカシーなんて欠片もない男は言ってはならない一言を口にする。

「小さいな」

頭の奥や頬がカッとなった。雪見のそれは細身のせいか立派とはいかない。現在の体格差においては、最早極小《もはやごくしょう》サイズ。悔しいやら恥ずかしいやらで雪見は唇を噛《か》みしめ、それに気づいているのかいないのか、頭上から注《そそ》がれる不躾《ぶしつけ》な視線ときたら痛いほどあからさまだった。

まるで獲物《えもの》を前にした獣《けもの》だ。さっきまで尻尾を振っていた愛すべき犬は、畜生《ちくしょう》に成り下がった。視線がやばい。なんだか、はぁはぁ言い出しそうな具合で伏木野は自分を見ている。

太い指がぺたりとした胸にまた触れた。つるつるした肌を撫《な》で摩《さす》ったかと思うと、呼吸に合わせて柔らかく凹んでは膨らむ腹や、その下の淡い茂《しげ》みへと侵略《しんりゃく》する。

くんと力を込めて柔らかな草むらの中のものを突かれた。

「……あうっ……」

弾んだ体に、頭上でやんわりと一纏《ひとまと》めにされた腕が撓《しな》る。

「や……やめっ……」

小さくとも性器は刺激されれば硬くなり、ぴんと反《そ》り返《かえ》って快感を示す。芯の通ったそれを、伏木野はまるで樹脂粘土《じゅしねんど》でも捏《こ》ねるみたいに何度もきゅっきゅっと摩擦《まさつ》した。

「……や、ひ…ぅっ……」

足を閉じ合わせようとしても、そこに存在するだけで行動を阻《はば》む大きな指先。雪見はばたばたと頭を打ち震わせた。

「ぬるぬるしてきた」

言葉に、ますますそれを意識せざるを得ない。

濡れてくる。小さな勃起《ぼっき》から溢《あふ》れる粘液《ねんえき》は、乾いた伏木野の指を湿《しめ》らせ、滑《なめ》らかに上下させる。

「……ぁ、あっ……あ…んっ」

きゅうっと縮《ちぢ》んだ後ろの袋のほうまで指先で弄《いじ》られ、雪見は声を裏返らせた。

「雪見、いいか？　コレ、気持ちいいのか？」

「よく、なんて…っ……ひぁっ……」

ぬるっとした感触に心底びっくりした。

伏木野は股間《こかん》に大きな舌をぞろりと這わせてきたかと思うと、なんの躊躇《ためら》いも前置きもなしにぱくりとそれを咥《くわ》えた。

唇も舌もすべてが非常識に大きい。咥えられたというより、啜《すす》られている。腰全体をしゃぶられるような異様な感触に、雪見は快感も痛みもすべてをすっ飛ばし、ショックのあまりしゃくり上げた。

「も、なんでこんなっ…す、るんだ…よぉっ」

自分の口から零れた弱々しい声。伏木野に懇願《こんがん》するみたいな媚《こび》を孕《はら》んだ声に、ますますびっくりして声を裏返らせる。

「……しなっ、それ…しなっ…で、くれ……」

「嫌なのか？」

今気がついたみたいに問う男が信じられなかった。そして、少し前なら本当だったのに、全力で嫌だと返せなくなってくる自分も信じがたい。

「これ、嫌か？」

ぴんと突っ張った性器を、硬く尖《とが》らせた舌の先でなぞられると、体の奥からなにかがじゅわじゅわと湧《わ》き上《あ》がってくる。グラスの底の炭酸《たんさん》の泡粒《あわつぶ》が、先を競《きそ》って水面を目指して弾けようとするみたいに、快感が駆け上る。

「よくないか？」

どうしてそんな真剣な具合で問うのか。

「気持ち……いい、けど…ぉっ」

嘘がつけなくなる。舌足らずな声になる自分はどうかしてしまったとしか思えない。

雪見は目を瞠《みは》らせた。

なにかが顔に触れた。

伏木野の舌の先っぽが、ぺとりと唇に押し当てられた。それは濡れていて柔らかくて、ぬめぬめしててなんだか気持ち悪い気もするけど、とてもあったかい。

雪見を脅《おど》かさないようにか、舌は遠慮がちにそろそろと体を辿《たど》り、ちょいちょいと雪見のアレをまた突いてきた。

「……なんで、いいのにダメなんだ？」

拗《す》ねた声に聞こえた。

そんなの駄目に決まってる。それが理由だ。

「おとっ、男……だろ、おまえっ……」

「男だとダメなのか？　どうしてだ？」

モラルはないのか。思考は動物並みか。

動物のほうがまだまともだ。トラは猫に性的な悪戯《いたずら》をしたりしない。自分のサイズも性別も種別だって弁《わきま》えてる。

「ど、どうしてもなにも……こ、ういうのは、男同士でやらない…だろ、世間的にみて」

「世間的？　けど夢なんだろう、これは」

そうだ。いつの間にか忘れかけてた。

これは夢だ。目が覚めればなかったことになる夢。常識外れに小さくなってしまい、どうせ真《ま》っ当《とう》な生活など送れそうもない夢——

自分は完全に酔っ払ってでもいるみたいだ。辺りを包む甘ったるい匂いにすら酔っているとしか思えない。

思考が怪しくなってくる。腰に蟠《わだかま》ったままの熱は理性を鈍《にぶ》らせる。それとも小さくなった脳みそでは、大して理性は効かないのか。

「……あ…んっ」

待ちきれないみたいにまた性器を嬲《なぶ》られて、腰が浮いた。雪見の反応を確かめるように上から下へ、下から上へと舌先はぞろりと移動する。その度《たび》に切ない熱は生まれ、腰は蕩けたクリームでも纏ったみたいに重たくなる。

「……あっ、あっ……ひぅんっ……」

小さな体の上で、もの足りなさそうに蠢《うごめ》く伏木野の舌は後ろへとつるりと滑った。

最初はついでみたいな動きだったのに、いつの間にかその場所へと伏木野は執心《しゅうしん》し始める。

小さな丸みを帯《お》びた尻の肉を割られ、捻《ね》じ込《こ》むみたいな動きで突かれ、雪見の体は戸惑ってくねった。

なんでそんな場所しつこくするんだと思い、そこにある窪《くぼ》みを思い出す。

後ろの穴、舐められてる。

サイズが違いすぎるせいで、あまりそんな感じがしないけれど、伏木野が狙いを定めてそこを弄《いじ》っているのが判ると、むずむずした感覚が一層《いっそう》広がる。

ひくんと腰が高く跳ね上がった。

ひくん、ひくん。突かれる数だけ体は弾み、ただの反射のはずが、繰り返されるうちになんだか怪しくなってくる。

「や…や、そこっ……しな、で……も、もう……出るっ……」

自分でも思いがけず飛び出した言葉。

「いいから、出せ」

注がれた深く響く男の声に、共鳴でもするみたいに体の奥から震えが走る。

促《うなが》す動きで小さく強張《こわば》った性器を舌先で転がされ、雪見は吸り喘《あえ》いだ。じゅっと吸い上げられて、体の中からいろんなものが持っていかれるかと思った。

「や、やっ…あっ、あぁうっ……」

腰が揺れる。

伏木野の口の中にぴゅっと我慢していたものが飛び出す。

「あっ…あ、あ……」

「雪見……気持ち、いいか？」

男はゆったりを顔を起こした。覗《のぞ》く黒い眸に、放心して体をくたりと弛緩《しかん》させた自分が映り込んでいる。くっと細められた切れ長のその眸に、雪見はびくんと体ごと心臓を大きく弾ませた。

竦《すく》んだ身に、そろりと顔が近づいてくる。

「あ……」

まただ。舌先をぴとっと口元に押し当てられた。

熱い。ちょっとしか触れていなくとも判る。伏木野らしく、体温の高い舌。なんだコレ——と儀式《ぎしき》めいた行為に首を捻りかけ、思い当たった。

キスなんだ。

さっきのも、これも。

舌の先っぽと唇。妙な口づけだけれど、キスだと意識すると、どういうわけか嫌だとか変だとか思うよりも、胸の奥がきゅっと縮んだ。

「……はぁっ」

ただ触れ合わせただけなのに息が上がる。はぁはぁとリズムを合わせたみたいに呼吸を紡《つむ》ぎながら、二人は見つめ合う。

「雪見、雪見」

自分の名を繰り返すばかりの男は、まるでどう扱《あつか》ったらいいのか判らないとでもいうように、べろっと雪見を舐めた。

「ふっ、伏木野っ……」

起き上がるのもままならない。舌の圧力に逆らえずに、ころんと転がされ、纏わりつくように半端《はんぱ》に残っていたシャツを腕から抜き取られる。

裸に剝いた雪見を、伏木野はやっぱりどうしたものか判らない様子で、でもどうにかしてしまいたいとばかりにゴロゴロと右へ左へ揺さぶりかける。

これはなんなのか。

普通じゃないけれど、もしかしてセックスの類似品みたいなものか。遠縁《とおえん》の親戚か。

『全部』

見たいと口にしたときの、伏木野の言葉が思い起こされる。

「も、ムチャクチャしなっ……あっ、あぅっ……」

身を低くして起き上がろうとした雪見は、湿ったままの性器に指先で触れられ、反射的に腰を引かせた。転がされまいと、思わずその指にしがみつく。

「……んんっ」

逃げるつもりがままならない。うっかり跨《また》るように摑まってしまった伏木野の指で快感の源《みなもと》を擦《こす》ってしまい、くったりとしていた背中がしなやかに反り返る。

「雪見、嫌なのか?」

「あ…んっ……」

「どうした? いい、のか?」

「ん…ぅっ……」

嫌なのかいいのか判らない。一度射精を終えたばかりのそれは、とろりと蕩けたみたいに快楽を受け止める。節張《ふしば》った男の指の関節《かんせつ》辺りに跨って腰を落とすだけで、まるで火種《ひだね》でも燻《くすぶ》っていたみたいに、じんわりと官能《かんのう》は湧き上がってくる。

雪見は俯いてただ首を振った。

膝が震える。薄く開いた唇の間から、熱を帯びた吐息が零れる。

どうしよう。それればかり思う。

どうしよう。気持ちいいかもしれない。

「……雪見?」

「あ…ふっ……あぁっ……」

少し腰を動かしただけで駄目だった。擦りつけてしまった性器がじんと疼《うず》いて、またとろりとしたものが溢れ出す。

少し荒れた伏木野の指は、ざらついた感触だった。ささくれた皮膚。指に刻まれた細かな皺《しわ》。ゆっくりと辿《たど》るように腰を前後にさせるだけで、敏感な場所はスキャニングでもするみたいに感じ取る。

どうしよう。気持ちいい。すごくいい。

躊躇いは快感に頭が支配されるうちにぼやけてくる。最初は遠慮がちだった動きも次第に滑《なめ》らかになり、ただ温かな存在感のあるその太い棒切《ぼうき》れみたいな指に摑まり、雪見は気持ちのいいところを擦りつけては啜り喘いだ。

「い…いっ、いい…っ…あっ、あっ……」

どうせ夢だ。

淫猥《いんわい》な夢だ。

僅《わず》かな理性を納得させようとする。

相手は伏木野なのに、何故か堪《たま》らなくいい。

「はぁっ、はぁっ…ん、んっ……」

いつも取り澄ましたところのある雪見は、女性の前であまり開放的な気分になれなくて、セックスも淡白《たんぱく》なところがあった。こんな風に乱れるのも、こんな興奮も初めてだ。

「……雪見、こっち見ろ」

求められるまま頭上を仰いだ。伏木野のやたらと男臭い顔立ちに、興奮は冷めるどころか増した気がした。食い入る眼差しに、体の芯まで熱《ねっ》せられたように熱くなる。

真っ赤に火照《ほて》った顔で男を見た。

「あっ、いいっ、い…っ…、そこ、いいっ……もうっ…」

張り詰めた性器は、ぬるぬると男の指を濡らす。先走りに助けられるようにして雪見は腰を振る。動きに逆らって悪戯に指を引かれれば、泣きじゃくる声を上げた。

快感で、どうにかなってしまいそうだ。

「…だ…め、ダメ……る、出る、も…っ…」

出したい。また出してしまいたい。

伏木野の指の上で、二度目の射精感に全身が打ち震える。乗っかっているのが伏木野の体の一部かと思うと、不思議ときゅうっと体のどこら辺かが切ないような、じんじんと痺《しび》れるような感覚に満たされる。

「出…るっ、出る、あっ、あっ……」

気持ちいい。精液が上がってくる。管《くだ》の中をどろどろと押し開いて、小さな鈴口《すずぐち》を内から割って飛び出そうとしているのが判る。

少し怖い。でも快楽への期待が勝《まさ》った。雪見はしゃくりあげながら腰を揺さぶり、ぐっしょりと濡れそぼった性器を伏木野の指に激しく擦りつける。

「あぁっ…んんっ……」

その瞬間、倒れ込むように大きな手に身を埋《うず》めた。分厚《ぶあつ》い伏木野の手のひらにひくひくと体を擂《す》り寄《よ》せながら、雪見は吐精《とせい》する。

今までにない興奮に満たされた体はなかなか冷めようとせず、小刻みに続く快楽の波に翻弄《ほんろう》された。

手のひらをぐいと起こされ、仰《あお》のかされた。ゆっくりと机に転がされ、伏せていた顔を男は覗き込んだ。

気持ちよくて、堪らなくよくて、啜り泣きながら射精している自分を伏木野はじっと見る。

「んっ、ん…っ、ふしっ…伏木野っ……」

壊れたみたいな腰の動きも、溢れ出す感触も止まらず、腰が揺れる度、白っぽく色づいた体液が腹や胸元をどろりと覆《おお》っていく。

縋《すが》る目で見上げれば、伏木野は男らしいその眸を細めた。

薄い唇が、思いがけない言葉を紡ぐ。

「……おまえ、可愛いな」

そんなこと、伏木野の口から聞くのはもちろん初めてだ。雪見はべつに愛らしい顔ではない。それに、伏木野がそんな言葉を使うこと自体妙な感じだった。可愛い犬やらウサギを見たって、無反応で素通《すどお》りしそうな男だ。

「かわ、い…ってっ……」

くたくたの体を転がされて、腰を掲《かか》げさせられる。くにゃりとうつ伏せに上体は伸び、尻だけ高く浮いたと思えば、どろどろに濡れた股間《こかん》を指先がぬるりと滑る。

前から後ろへ。体を跳ね上げるみたいに刺激され、薄い肉づきの丘を割り広げた指は、小さな窪みの上で留まった。

「…ん…ぁっ、あ……」

どうしてそんな場所に拘《こだわ》りたがるのか。

「…ひぅっ、…め、やめっ…」

ぐっと強引に捻じ込まれそうな動きに変わり、声を裏返らせる。じわっと開かれそうになって、体裁《ていさい》などとっくの昔にかなぐり捨ててしまっていた雪見は、啜り泣く声を発した。

「こわっ、壊れ…る……もっ、や…やめてくれっ……」

本当に壊されるかと思った。

伏木野の動きがぴたりと止まる。

なにも言わない。ただちょっとばかり荒い息使いが背後から響いていて、やっぱり最後は牙でも立てられてぱっくりと食われるのではないかと雪見は怯《おび》える。

ガタンと鳴った音に身を竦めた。何事かと思えば、伏木野が座った椅子をずらした音だった。

肩を預けるみたいにして、うつ伏せ気味になった男にどうしたのかと焦る。

「おま、え…っ、なにやって……」

言いかけて気がついた。

「……あ」

驚いた。伏木野が潜《ひそ》めた手の行く末。ジーンズの前を寛《くつろ》げる音が微《かす》かに耳に届いた。

雪見も男だ。その動きは見えないけれど、ちゃんと判る。肩の動きや息遣いから、伏木野が机の下でなにをやっているかぐらい想像がつく。

晴れない熱を自《みずか》ら沈める行為。

ドキドキしてならなかった。さっきから走り続ける脈は、休む暇なく速く速くと体を追い立てる。自分を眺めて欲情したとしか思えない男の行動に、机に押しつけたままの小さな体がぽうっと熱を持つ感じがした。

目が合う。再び股の間を指先でそっと触れられて、また快楽までもが走り出す。

「……雪見、雪見っ」

熱っぽい声で呼びかけるくせに、言葉は足りない。

なにか言ってくれればいいのにと、雪見は思った。

どういうわけか、もっともっと伏木野の言葉を聞きたかった。


くたくたになった雪見は風呂場に連れて行かれ、丁寧《ていねい》に洗われた。

正気に戻ったら、罵ってやろうと思ったのに、甲斐甲斐《かいがい》しく世話を焼かれるうちにどうでもいい気がしてきた。疲れきった体はそれよりも眠りにつくことを欲していた。

伏木野は雪見を放そうとしなかった。

またその手の中で眠りについた。こないだは逃げようとしていた雪見も、今夜は最初から逃げることを考える気力はなくて、抵抗は示さなかった。それどころか、寝返り打つみたいにして、体を何度も男の手のひらに摺り寄せた。

クーラーの効いた部屋で感じる伏木野の体温は、ふかふかの羽毛布団に包《くる》まるような心地よさだ。

すべてを委《ゆだ》ねてしまえば、ふわあっと体が緊張から解放されるみたいな喜びに満たされる。小さくなって喜怒哀楽が激しくなるだけでなく、本当に脳みそがちょっと少なくなっているのかもしれない。

気持ちいい。自分を守ってくれる手のひら。この中にいれば、怖いことなどなにもない気がする。

安心して深い眠りへ落ちた。

雪見が目覚めたのは、窓辺がすっかり明るくなった朝だ。侵入してきた朝の光に、部屋の中の空気は白く感じられた。

ぼうっと目を開いた雪見は、大きく目を瞬《またた》かせた。伏木野はすでに起きていた。

枕の上の顔は、目を開いてこちらを見ている。どうやらこないだとは逆に、眠っている自分をずっと見続けていたようだった。

「お…おはよう」

とりあえず挨拶《あいさつ》してみる。

頭を指の背で撫でられた。

挨拶代わりなのか、手の中の雪見を横たわったまま見つめ続ける男は、何度もそれを繰り返す。結構気持ちよくなってきて、ついうっとりしてしまった。顔の輪郭《りんかく》や首筋も撫でられ、くすぐったい。

笑いそうになる。急に男の手の動きは止《や》み、今度は無言で自分を見つめてきた。そしてまた、指先で突いてみたりする。

何度かそれを繰り返し、今度は体の輪郭を撫でてきたかと思えば、シャツの裾を捲るようにして指はするりと腹のほうへ這い進んだ。

「おまっ、なにまた……」

パジャマのズボンの中にも指は潜《もぐ》ろうとしてきて、気《け》だるい朝のゆるりとした空気は淫《みだ》らなものに変わろうとする。

「嫌か？」

「あ、朝っぱらからなに考えてんだ」

それとも朝だからなのか。昨夜《ゆうべ》あんなに出したのに、雪見の体は反応しそうになる。

駄目だと繰り返すと、執拗《しつよう》に追ってこない代わりに、またあのキスが注がれた。

なんだろう。

この上なく歪《いびつ》なキスなのに、キスは嫌ではない自分がいる。

胸が痛い。痛くて、心地《ここち》いい。


「雪見《ゆきみ》、おまえ、斜《なな》めになってるぞ」

かけられた声に雪見がはっとなったのは、遅い朝食をすませ、これから模型《もけい》を伏木野《ふしきの》に納品《のうひん》してもらおうというときだった。

妙に工房内が傾《かし》いで見えると思ったら、いつの間にかふらふらと右に体を寄せていたらしい。倒れそうになって慌ててトンと手を突いたところ、体を支えたのは昨夜《ゆうべ》の名残《なごり》のシャンパンの瓶《びん》だ。

「じゃあ、四つにバラして車に運び込むぞ？」

「ああ、頼むよ」

正午までに納品は終える予定で、午後から伏木野は今日が最終日となる個展に向かうはずだった。

運搬《うんぱん》には雪見はまったくの役立たずで、見守るぐらいしかできない。じっと机の上に突っ立っていると、じわじわとまた視界が傾斜《けいしゃ》していく。

芯《しん》のない塩《えん》ビ人形みたいに、体がふにゃふにゃだ。

結局、キスを繰り返すうちにおかしくなってきて、朝っぱらからまたアレをしてしまった。セックスの真似事《まねごと》。おかげで雪見は腰抜けで、よろけっぱなしの体では真っ直《まっす》ぐに立っているのもままならない。

黙々《もくもく》と模型を分割《ぶんかつ》し始めた男を雪見は見る。

まさか知らぬ存《ぞん》ぜぬというわけではないだろうけれど、伏木野ときたら何事もなかったかのようなすまし顔……いや、可愛《かわい》げのないいつもどおりの無表情だ。

単なる愛想《あいそ》なしではなく、とんでもないムッツリ男ときた。

何度も高みを極《きわ》めさせられたけれど、何度もキスもされた。

唇と舌先をぺっとりくっつけ合うだけのキス。ちょっとだけ先っぽを咥《くわ》えてみたりもしたけれど、その舌を口の中に迎え入れるのは到底《とうてい》無理で、繰り返すうちになんだかもどかしさばかりが募《つの》った。

伏木野も同じ気持ちだったのだろう。何度も何度も唇を突いては、しまいにはどうにも収まりがつかないとばかりに、また犬みたいに顔ごと舐《な》められた。

思い返す雪見は顔が熱くなった気がして、頬の辺りに手をやる。

なんとなく周囲を見渡せば、昨夜の残骸《ざんがい》がまだそこら中に溢《あふ》れていた。机の天板《てんぱん》に散らばる菓子。色とりどりのゼリービーンズやらが転がる光景はどことなく気《け》だるい。

足元にあったオレンジのビーンズをふと爪先《つまさき》で勢いよく突いてみたけれど、すぐ傍《そば》のマシュマロにヒットしただけで遠くまでは飛ばなかった。

ぽすり。半回転しただけで、衝撃を吸収してしまった淡いピンクのマシュマロに、雪見はぼんやりと昨夜のことを思う。

そういえば、伏木野が投げてきたのはマシュマロだけだった。皿にはいろんな菓子が盛られていたのに。

きっと偶然じゃない。なにも考えていないように見えて、伏木野が自分に気を使っていたのが判る。柔らかなマシュマロしか投げなかったのは、自分の体が小さくて心許《こころもと》ないからか。八割方そうだろうけれど、あとの二割はそれだけじゃない感じがする。

――伏木野は、もしかして自分のことが好きなのだろうか。

今朝から何度かそれを考えた。けれど、頭がはっきり目覚めてくれれば、半《なか》ば忘れかけていた問題を思い出す。

ここは、夢の中なのだ。

やたらと現実的だったりもするけれど、夢は夢だ。

だとしたら、昨晩の伏木野の行動はすべて自分の願望なのか。どこぞの病院で打ち所悪く昏《こん》睡《すい》状態。そんな大事《おおごと》の間にも性欲は衰《おとろ》えずにいるなんて状況――

どうして相手が伏木野なんだ。たまたま最後に現実で目にした人間だからで、自分が伏木野に昨夜みたいな行動を起こさせているのか。

雪見は歩み寄ると、転がったマシュマロを抱え上げる。

こんな細かなところまでも、すべて自分が生み出した夢なんて信じられない。

スポンジの枕のようなマシュマロは、顔を埋めてみれば甘い匂いがする。昨夜、自分を包み込んだクリームみたいに、甘くて優しい匂い――

「雪見、どうする？」

不意に声をかけてきた男にびくりとなった。

分解した模型の一部を長い腕で一抱《ひとかか》えにした伏木野は、マシュマロを抱いた雪見を訝《いぶか》しげに見る。

「車、おまえもついてくるだろう？」

「あ…ああ、もちろん。先方の会社まで案内させてくれ」

器用に足で引き戸を開けた男は、表に出て行った。

雪見はその姿を目で見送る。

広い背中が日差しに飲まれていく。喧《やかま》しい蟬《せみ》の声と共に温《ぬる》い風が滑《すべ》り込《こ》み、ギンギンギラギラと光る夏の日差しは工房内から見ても眩《まぶ》しくて、目を細めた。

ぼけっとしてもいられない。たとえ夢であろうと、伏木野と作り上げたものを届けなくては。

窓際の机から、雪見は例の橋板《はしいた》を渡って模型のある作業台に向かった。残りの模型と一緒に、自分も車に運んでもらうつもりだった。

物音が聞こえた。

模型の街並みに足を踏み入れようとしたそのときだ。

トンっと響いた軽い音。

「……い、今の？」

幻聴《げんちょう》かと思った。

というより、空耳であってほしかった。

嫌な予感に振り返るまでもなく、黒い影が背後からこれ見よがしに忍び寄る。模型の一部が持ち去られた空《あ》きスペースに現れたのは、相変わらずの太ったトラ猫だ。

猛獣《もうじゅう》……いや、怪獣《かいじゅう》の姿に、雪見は『ぎゃっ』とならずにはいられなかった。

まるで表で引き戸が開くのを待ちかねていたみたいだ。隙を突いてするりと入ってきたデブ猫の目的ときたら、しとめ損《そこ》ねた獲物に決まっている。

すなわち、自分。

「わっ！」

繰《く》り出《だ》された前足を、雪見がかわしたのはぎりぎりだった。

「なっ」

模型の中に走り込む。

「なんでだよっ！」

猫は当然追ってきた。模型の外に出ようにも、一旦《いったん》入ってしまえば左右は箱庭のように囲《かこ》まれている。来るな、来るなと頭の中で大騒ぎしたところで、猫は自分の後を正確に追走《ついそう》してくる。

「雪見っ!!」

伏木野の鋭《するど》い声が響いた。

「雪見っ！　コイツっ、やめろっ！　雪見、無事かっ!?」

雪見は駆け回りながら叫び返した。

「伏木野っ、俺はいいから模型を頼む！」

「バカ、そういうわけにはいくか！」

「バカはおまえだっ、模型っ、模型を守れっ!!」

家々の間の、石膏《せっこう》で作り上げたレンガ風の舗装路《ほそうろ》を走り抜ける。プラスティックのフェンスを乗り越え、サンドパウダーの裏庭を這いずり、出口を求めて逃《に》げ惑《まど》う。

反則技だ。まるで飛び石でも飛ぶように、猫は家々の屋根の上を飛んできた。

グシャッ、ドシャッ、ベシャッ！

小気味《こきみ》いいほどに家屋《かおく》の倒壊《とうかい》する音が鳴る。

為《な》す術《すべ》もないとは、このことだった。

猫が伏木野に追い出されるまでに、ものの数分もかからなかったはずだけれど、美しかった街並みはサイクロンでも走り抜けたかのような惨状《さんじょう》だった。

呆然とする。雪見は抜け殻《ぬがら》にでもなったみたいに、街並みの真ん中で放心していた。

「今日……納品できなくなったって言わなきゃ」

ようやく発した言葉に力はない。

「……雪見、すまなかった。俺がドアを開けっぱなしにしたせいだ」

「おまえは悪くないよ。開けておかなきゃ荷物の出し入れできないだろう」

「修理しよう。急いで」

「修理？　無理だよ、壁や屋根が継《つ》ぎはぎの模型なんて納品できない。作り直さないと……」

建物以外は無事かと思ったけれど、猫が走り抜けた公園は見事に爪跡《つめあと》が走り、舗装路も土台ごと捲《めく》れ上《あ》がっている有様だ。

「作り直すのにどれくらいかかる？」

「そうだな……六日か、七日か……」

ほとんど、ふりだしに戻ったのと同じだった。

「三日でやる」

断言する声に驚いた。

「え？」

「昼も俺が手伝う。今からやる」

「今からって、個展があるだろう？　それに自分の作業だって……」

「個展は今日までだ」

「だから、なおさら行かなきゃダメだろう」

「俺がいなくったって、どうにでもなる」

伏木野が本気で言っているのが判った。作業机の前に腕を組んで仁王立《におうだ》ちになった男は、難しいしかめっ面《つら》をして模型の中の自分を見下ろしている。

強面《こわもて》が一層極悪人面《いっそうごくあくにんづら》だけれど、その真剣な思いは頭上から降《ふ》り注《そそ》ぐように伝わってくる。

「……いいよ」

雪見は自然とそう口にしてしまっていた。

「いいって？」

「もう、いい。なんかさ、これもそういう運命なのかなって気がしてきた。思いどおりにはならないんだよ、いくら頑張ったって」

頭を過《よ》ぎったのは、深夜に一人作業を続けていた伏木野の姿だ。伏木野自身のドールハウスの制作が遅れているのであれば、これ以上手を煩《わずら》わせるわけにはいかない。

伏木野はなんの話をしているのか判らないといった顔をした。

「は？　なに言ってるんだ、おまえ」

「もう…やめるよ。正直、疲れたんだ。毎日、全身筋肉痛でガタガタだったし……こんなのは模型制作じゃない。俺は大工《だいく》じゃないんだ」

「ば、バカ言うな！　なんで、諦める？　おまえの作品、待ってる人いるだろうが」

バンっと激しい音が鳴った。大きな手のひらが机に叩きつけられ、その振動は模型の中の雪見の体にも伝わった。

ぶるっと震えそうになる身を、雪見は自らの腕で抱いてやり過ごした。

ふっと小さく笑う。

「作品？　やめてくれよ、おまえが作ってるみたいな『芸術』じゃないんだ。ただの模型だよ、俺の代わりはいくらでもいる。おまえだって昔言ったろう？　俺に芸術なんて向いてないってさ」

「そんなこと、言った覚えがない」

「覚えてない？　まぁいいけど、今はもうどうでも」

厳しい顔をしたままの伏木野に、雪見は肩を竦めて見せる。

「無理しなくていいって言ってるんだ。なんでおまえが怒る必要あるんだよ。関係ないだろう？」

「関係ないって……」

「ここまで手伝ってくれたのは、本当に感謝してる。けど、これ以上は口出しされたくない。

いつまでもおまえの手を借りるのも嫌なんだ。もう放っておいてくれ」

言い捨てて、顔を背《そむ》けた。わざと伏木野の気を損《そこ》なう辛辣《しんらつ》な言葉を選びながらも、無言になってしまった男の顔は見る勇気がなかった。

やっぱり、呆《あき》れられるのは辛《つら》かった。


その日はほとんど会話もなく過ごした。

午後には、伏木野は美術館に向かうべく家を出て行った。雪見が作業はしないと言い張り、窓際の机のハウスに籠《こ》もってしまったからだ。

本当のところ、まだ諦めはつききれていない。ハウスに籠もっても寛《くつろ》ぐことなど到底できず、模型が気がかりで胃痛《いつう》がするほどだった。

仕事ができなければ、この夢の顚末《てんまつ》はどうなるのか。生活は破綻《はたん》し、小さな体で路頭《ろとう》に迷ってしまうのか。

判らない。判らないけれど、夢がリアルに運べば運ぶほど、伏木野の仕事を犠牲《ぎせい》にしてはならないと思う。

無事に出かけてくれてほっとした。よりにもよって個展の最後を飾る日に、足手まといになりたくはない。伏木野が後で恨《うら》み節《ぶし》を言うような男でないのは知っているから余計《よけい》にだ。

夕方、戻ってきた男は食事を買ってきた。

ハウス前で始める、コンビニ弁当の夕飯。いつもどおりの夕食、いつもどおりの沈黙。伏木野が喋《しゃべ》らないのは元からだし、雪見だって最初の頃は積極的に話しかけたりはしなかった。

なのに、やけに無言の間《ま》が重い。

妙に疲れてしまった。

食後、ドールハウスに戻った雪見は、なにをするでもなく、気がついたらハウス内のリビングのソファで眠り込んでいた。

深い色合いの赤いソファ。使い古したみたいに座面は柔らかいが、雪見が足を伸ばして眠るにはちょうどいいサイズだ。

昼寝でもしているかのような浅い眠りだった。

目を開くと天井が見えた。少し煤《すす》けたような淡いイエローの壁紙。部屋の中央に下がったペンダントライトは、最後に掃除をしたのはいつなのかと問いたくなるほどに曇《くも》っている。

一枚板の低いテーブルには乱雑に積まれた読みかけの雑誌と、琥珀色《こはくいろ》の液体の少し残ったロックグラス。キャビネットの上の壁には無数のフォトフレームが並べられており、どういうわけか中央の写真は伏せて置かれている。まるで思い出したくはないが、捨て去ることのできない過去がそこに映し出されてでもいるかのように。

身を起こすと、ソファの背凭《せもた》れにかけられたレース編み風のカバーがずるりと落ちる。

す。

「伏木野？」

雪見は極自然《ごく》にそう呟いて部屋を見回していた。まだ寝ぼけた目を擦《こす》りながら、男の姿を探

「伏木野、いないのか？」

ゆらりと立ち上がった。男の気配を探りながら、ふらりとキャビネットに近づき、伏せられた写真をなんとなく起こそうとして雪見はドキリとなった。

動かない。フレームはキャビネットに接着剤で貼りつけられ、固定されている。

当たり前だ。色褪《いろあ》せた壁紙も、曇ったライトも、テーブルに積まれた物も、すべて作り物に過ぎない。ただの演出だった。

雪見は一瞬自分がいるのがドールハウスであるのを失念《しつねん》していた。

人がいる。伏木野の作るドールハウスには人の住んでいる気配がするのだ。ドールハウスは人形を置かないのが主流だけれど、伏木野のハウスにはその見えない人間の存在が、生々しく窺《うかが》える。

だからなのかと、今更思わざるを得なかった。住んでみて、なんとなく居心地が悪いのは、誰かの家を間借りしているみたいな気分になるからだ。

暮らしてみて判るなんて、間が抜けている。

伏木野には本物の才能がある。そしてそんなことは――――自分は最初から知っていた。ただ

いつも、認めたくなかっただけだ。

雪見は表に出た。まだ十時過ぎで工房の明かりはついていたけれど、伏木野の姿はなかった。中央のテーブルを見れば、痛ましい惨状《さんじょう》の模型が目に映る。気落ちした気分は否めない。でも、やはり伏木野の協力を拒否したのが間違っているとは思えなかった。

伏木野こそ、自分の作品を作り上げるべきだ。

どこにいるのだろう。言葉を交わさなくてもいいから、無性《むしょう》に姿が見たい気がした。

雪見は、うろうろと落ち着かずに机の上を徘徊《はいかい》した。自発的に机を下りたことはないが、一人で下りるには例の方法しかないのは判っている。

一度も二度も同じだ。雪見は机の端に歩み寄った。えい、と思い切ってロール紙の縁《ふち》に乗っかり、土間床目指して滑《すべ》り降《お》りる。

机の下を潜《くぐ》り、積まれた荷物の間を駆け抜け、靴箱の前を通過すると廊下の入口に立った。

奥で声が聞こえる。

「……ああ、うん。助かるよ」

明瞭《めいりょう》に聞き取れたその声に、内容への興味を覚えた。

電話をしているらしい。しかし、伏木野がこんな時間に誰かと話をしている姿なんて、今まで記憶にない。昼間、仕事関係らしき電話を受けているのを、二度ほど目にしただけだ。

廊下への背丈《せたけ》ほどの段差を、雪見は脱ぎ捨てられた靴を利用して上った。

伏木野は台所にいた。

コードレスの受話器を耳に押し当て、片手を突くようにして流しのほうへと体を向けている。

「ああ、うん、うん」

電話でも言葉の少ない男だ。相手が一方的に言葉を紡《つむ》いでいるのは明らかで、こちらに背を向けている男の表情は窺えない。

戸口からその大きな体を見上げていると、通話を終える気配がした。

「うん、うん、じゃあ明日」

ぷつん。と音は聞こえなかったけれど、伏木野が電話を切ったのははっきりと感じ取れた。

結局、なんの電話だかさっぱりだ。

喋《しゃべ》らないにもほどがある。

廊下を戻りかけた雪見は、電話を握り締めたままの伏木野が、こちらを振り返るのを目にした。

はっとなる。

流しに腰を凭《もた》せかけた男の顔は、薄い唇に満足そうな笑みを浮かべていた。

「出かける」

翌日、伏木野《ふしきの》は午後からの予定をそう宣言した。昨日に引き続き、ほとんど会話のない朝食を取っているときだった。

どこに行くかの説明はない。雪見《ゆきみ》も、以前のように深く追及したりしない。個展は終わってもまた外出するという伏木野に、少し驚いた顔をしては見せたものの、それだけだ。

雪見は考えた。考えた末に、伏木野のいつも持って出かけているバッグに入り込むのを決意していた。だから、どこへ行くかを問う必要はなかった。

昨晩のあの表情。あんな風に伏木野が笑うなんてよっぽどで、理由が気になって仕方がない。

悪趣味だと自分でも思う。まるで夫の行動を疑う妻だ。しかも、システム手帳を覗《のぞ》いたり、携帯の履歴《りれき》をチェックしたりですめばまだいいところを、ヘタに体が小さいせいで大胆な行動を起こせてしまう。

昼過ぎ、伏木野が二階で身支度をしている隙に雪見は行動に移した。すっかり慣れた調子でロール紙を使って机から滑《すべ》り降《お》り、作業机の足元に置かれた、黒いショルダーバッグに潜《もぐ》り込《こ》んだ。

仕事でないのなら、伏木野はいつものバッグを持って出かけないかもしれない。

それならそれでよかった。諦められる。詮索《せんさく》することに罪悪感を覚えないわけではなく、なにか良心を試されているような気持ちで息を殺し、バッグの隅で膝《ひざ》を抱えて蹲《うずくま》る。

不意にエレベーターにでも乗り込んだみたいな上昇感を味わった。

揺れる。激しく揺れる。どうやらバッグは伏木野の肩に収まったらしい。

「行ってくる」

ハウス内にいるはずの雪見に告げたのだろう。不貞寝《ふてね》でもしているかのように、小さなベッドの布団を膨《ふく》らませてはきたけれど、そんな初歩的過ぎる偽装《ぎそう》で伏木野の目が掻《か》い潜《くぐ》れてしまうとは。まさか机から下りるはずもないという先入観か。

首尾《しゅび》よく同行できたものの、雪見は早くも死ぬ思いを味わった。

バッグの中で右に左にと転がされる。車に辿《たど》り着《つ》けば後部シートに手荒く放られ、財布やら本やらがずしりと腹部をヒット。走り出した車の中で、雪見は堪《こら》え切《き》れずに外へと這いずり出た。

――死ぬ。

シートに積まれたダンボール箱の陰に身を隠すので精一杯《せいいっぱい》だ。どこをどう走っているのか判らないまま、しばらくはぜーぜーと息を切らした。

いくつかの信号待ちを繰り返しながら、車は三十分ほど走り続けただろうか。今度はやけに長く停車するなと思ったら、急に助手席の扉が開いた。ふわりとフローラルな甘い香りが鼻腔《びこう》を擽《くすぐ》り、雪見はくんと鼻を鳴らす。

「ごめんね、待たせてしまった？」

ついで懐かしい声が耳に響いた。懐かしいけれど、つい最近も聞いた風な声だ。

大学時代の元彼女、上野沙耶《うえのさや》だった。

慌てて段ボール箱の陰から顔を覗かせ、確認してみれば、こないだよりもメイクに気合の入った彼女の横顔が助手席に見えた。

「待ってない。今来たところだ」

再び走り出した車の加速に、雪見の体はぎゅっと箱に押しつけられる。

「随分《ずいぶん》、大きな車に乗ってるのね」

「ハウスの納品《のうひん》にも使ってるから」

「そっか……そうね、このくらいないと安定して運べないわよね」

後ろまで見渡そうとする彼女に焦《あせ》って身を隠す。

心臓に悪い。

どういうことだと思った。昨夜の電話の相手が彼女だったのは想像がつく。

けれど、どうして——

「とりあえず、食事にしましょ？ この近くに車で行くのにちょうどいい美味《おい》しい店があるの」

「そうだな、俺はどこでもいい」

「じゃ、決まり！」

運転席の男に向けられた彼女の笑顔が眩《まぶ》しい。フロントガラス越しの夏の日差しよりもずっと、弾《はじ》けんばかりに輝いている。

もしかして、これはデートなのか。

自分は本当に、悪趣味で場違いな存在みたいだ。

彼女から誘ってきたのかと思いきや、すぐにその考えは覆《くつがえ》される。

「昨日は最終日だったのにどうしても観《み》に行けなくて、心残りだなぁって思ってたの。だから伏木野くんから電話あって、すごく嬉しくなっちゃった」

「そうか。急に電話して悪かったと思ってたんだが、迷惑じゃなかったならよかった」

「そんな、迷惑なわけないでしょ〜」

二人が会っているのも、そのきっかけが伏木野からであるのも、なにもかもが予想外だった。

目的地となった店は本当に近かったようで、車は何十分も走ることなく停車した。個展の最終日の様子を聞いたりと、他愛《たわい》もないお喋《しゃべ》りをする彼女の声と、語彙《ごい》は圧倒的に少ないながらも真面目に応じる伏木野の会話を、呆然と耳にしていた雪見は、思わずバッグに戻りそびれてしまった。

「あ……」

伏木野の日に焼けた長い腕が探るように背後に伸びてきて、ショルダーバッグを無造作に引っ摑んで持ち去る。

左右の扉が開き、二人は駐車場らしき場所へと降り立った。

見事に車に取り残されてしまった雪見に、二人を追う術《すべ》はない。

なにがなんだか判らなかった。

個展で見かけた際——伏木野の上着ポケットの中で二人の会話を聞いたときには、とても発展する関係には見えなかった。彼女は積極的ではあったけれど、伏木野ときたらこれ以上はないほどの素《そ》っ気《け》なさ。気のない態度を見せていたくせに、あれはなんだったのか。

運転中の伏木野の表情は、最後までシートに阻《はば》まれて見えないままだった。

雪見は意を決して、車のシートをよじ登り始める。幸いというか、滑《すべ》り難《にく》い張《は》り地《じ》で足場としては悪くない。それでもかなりの急斜面で、ちょっとしたロッククライミングだ。

窓までどうにか達すると、縁《ふち》に飛び出たロックボタンに捕まり雪見は表を窺った。

周囲は落ち着いた住宅街のようだ。植え込みを隔《へだ》てた先にある、二階建ての戸建《こだ》ての家のような店は、白い少女趣味な店構えだった。洋食レストランか。駐車場に面した壁には、小ぢんまりとしたテラスつきの窓がいくつか並んでおり、水色のカーテンが左右に覗くその窓に二人の姿があった。

グラスを運ぶウェーターの姿も見える。メニューを見る様子も、注文を済ませるところも、視覚では確認できたけれど、どうやっても中の声は聞きようがない。

意味がない。眺めているのも次第に虚《むな》しくなる。

嬉しそうな彼女は興奮した様子でテーブルに身を乗り出し、そして伏木野もまたなにか真剣な顔をして彼女のほうへと身を傾ける。

まるでそこにテーブルがあるのがもどかしいとでもいうみたいな二人の仕草に、雪見はとうとう見ていられなくて背を向けた。

ずるずると、シートを座面まで滑り降りる。

ダンボール箱と背凭《せもた》れの間に辿《たど》り着《つ》いたところで、膝を抱えて蹲った。

「あんな口下手《くちべた》な男のどこがいいんだ」

悪態《あくたい》をついては見たけれど、その声は力ない。膝を抱いた体育座りからして、覇気《はき》がない。

それ以上に、自分の気持ちの在《あ》り処《か》が変化しているのに気がついて、雪見は途方に暮れた。

もどかしく思うのは彼女ではない。伏木野だ。ジェラシーとしか呼べない感情は、いつの間にか美しい彼女についてではなく、むさ苦しくも嫌悪《けんお》すべき存在であるはずの男に向かっている。

さっきまでドクドクと危ない感じに高まっていた心臓は、静かに落ち着いていく代わりに、チクチクと痛む不快感を雪見に与えた。

なにも個展が終わり、自分も手伝いをいらないと拒否したからといって、彼女と会う必要もないだろうに。それも、自分の知らないところでこそこそと。

知られたくない理由でもあるのか。後ろめたい気持ちでもあるからか。

「散々《さんざん》人の体を弄《もてあそ》んでおいてなんなんだ」

どんな言い草だ、と自分でも突っ込みを覚えずにはいられない言葉だったけれど、現《げん》にパーティの夜と翌朝のアレは小さな体を弄ばれたとしか言えない内容だった。

そういえば、伏木野は小さなものが好きだと言っていた。ドールハウスが好きなのは、小さくて、自分の思いどおりに作り上げられるからだと。

もしかして、単なるフェチなのか。

それで、自分にあんな無体な悪戯《いたずら》を仕かけてきただけか。

「……なんだ、ヘンタイじゃないか」

気持ち悪い。そう考えても、胸の不快感は止《や》まない。チクチクチクチクと、倍増《ばいま》しになるばかりで、うざったいったらない。

ジェラシーってなんだ。

男で、仏頂面《ぶっちょうづら》で、伏木野なのに。

フェチってなんだ。

夢で、非現実で、自分の生み出した世界であるはずなのに。

何故、思いどおりにならないばかりか、あるはずのない、想像すらしていなかった光景を目にする羽目《はめ》になるのか。

雪見は息苦しさに、段ボール箱の陰から這い出た。

シートの上に倒れ込むように体を伸ばす。車は木陰《こかげ》に停車していた。くたりと大の字になって空を仰《あお》げば、雪見にとっては巨大な車の窓に、夏の空と木漏れ日《こもびと》が映る。

樹木の間からきらきらと躍《おど》るように照らしつける光。まるであの夕方、美術館のホールで目にした天窓《てんまど》からの不思議な光のようだ。

今はもう、あの光の記憶さえ曖昧《あいまい》だった。

あれは現実だったのか。そもそも、本当に自分は階段から落ち、病院のベッドに眠っているのか。

考えてみれば、あの事故が現実である根拠はどこにもない。確かなことがあるとするなら、小さくなった今が非現実であるということだけだ。人が階段から落ちて目覚めたら小さくなるなんて、そんなのはどんな科学技術をもってしたって無理だ。

自分は見過ごしていたのかもしれない。

探せないのは、夢の出口だけではなく、入口もなのかもしれない。

夢はどこから始まったのだろう。美術館に出向いたことすら夢だったとしたら、そこで伏木野の個展が開かれているのはどうなのか。

家に送られてきた、あの招待状。

手にしたのは、外で客と打ち合わせをすませ、戻ってきた夕方だった。夕方といってももう七時を回っていたけれど、夏の太陽はまだしぶとく西の空で粘《ねば》っており、最寄《もよ》り駅から十分の自宅までの距離を歩く間に、雪見は首筋や背中に不快な汗を覚えていた。

電車も混んでいた。『もう少し早く帰れたらラッシュに揉《も》まれずにすんだのに』と、車内では内心ぼやき続けていた。外での打ち合わせが遅くなった際の決まりごとのようなものだ。

なんらいつもと変わらない一日。帰り道に手にしたコンビニ弁当も、じっとりと浮いてくる汗も、くたびれた気分も。

郵便受けを確認するのも、惰性《だせい》でしかない。

そこで、見慣れない封書を目にした。

なんの変哲《へんてつ》もない白い封筒。なんの特徴《とくちょう》もないがゆえに、余計《よけい》に浮いた感じのするその封筒は、裏を返すと覚えのある名前が見紛《みまが》いようもない大きな字で記されていた。

『伏木野円《まどか》』

心臓が跳ねた。

不自然なほど動揺した自分がいた。

あの動揺はなんだったのか。

個展など絶対に行くものかと思いながら、毎日穴が空くほど招待券を眺め続けた。

最初は気になる度《たび》に封筒から出したり戻したりを繰り返していたけれど、そのうちそれを繰り返すのも馬鹿馬鹿しくなって、作業机の一番目につくところに置いた。飾っているみたいだと一瞬思った自分には、気づかないふりをした。

あの日々すら、届いたはずの招待券すら自分の作り出した夢ではないのか。

再会したのが夢であるなら、最後に伏木野に会ったのはいつだ。

四年前の大学の卒業式。式が終わって友人の姿を探していると声をかけられた。

『就職するんだってな』

そう言って話しかけてきた男は、雪見の就職先の模型制作会社の名前まで知っていて、ひどく意外だった。伏木野は他人にこれっぽっちも興味のない男だと思っていた。

『卒業したら、ドールハウスはやめるのか？』

そんな風に問われ、雪見は『趣味でも続けたらどうだ』と持ちかけてくるのかと思ってしまった。けれど、続いた言葉はまるで入学してすぐのときのあの言葉と同じ。

『そのほうがいい。おまえに向いてない』

伏木野はこちらの答えも待たずにそう言った。

神経を逆撫《さかな》でる一言だった。

逆撫でるどころか、抉《えぐ》られたも同然だ。

『だったらなんだよ？　俺のことだ。おまえに決められる筋合《すじあ》いはないよ』

雪見の反応は冷ややかだった。

伏木野は突《つ》っ撥《ぱ》ねる態度にもその場を去ろうとはせず、スーツ姿に合わせてそれなりに整えていたであろう頭をぐしゃぐしゃと掻《か》き回《まわ》しながら、低い声でぼそりと言った。

『卒業したら、もう会えないのか？』

察《さっ》しの悪い男だと思った。自分でも表情の変化が感じ取れるほど、雪見は苛々《いらいら》していた。

『それはそうだろう、卒業なんだから。おまえは近所だからこの辺をうろうろしてるのかもしれないけど？』

『そうか、そうだな。だったら、卒業してもどこかで会わないか？』

もしも会話の順番が違っていたなら、違う反応を返していたかもしれない。

『俺とおまえが？　冗談だろう？』

硬い声を放つ雪見は、最後まで態度を軟化《なんか》させることはなかった。なんと言われても嫌だと突っ撥ねた。

何故急に伏木野が自分に拘《こだわ》ってきたのかもよく判らなかった。

そのまま伏木野とは別れ、言葉どおり会う機会はなかったけれど、日が経《た》つに連れ雪見は違和感を覚えていった。卒業の意味を本当に判っていなかったのは、自分のほうだと思わざるを得なかった。

新しい生活、そこに四年も馴染《なじ》んでいた暮らしは一片《いっぺん》も残っていない。仕事も人も家も、取り巻く環境はなに一つとして同じではなく、仕事に追われてドールハウスを作ることもなかった。憎たらしいはずの男の姿もそこにはない。

緩《ゆる》やかに感じる後悔を、雪見は無視しながら暮らし続けた。

あのとき、伏木野の言葉に酷《ひど》く腹は立ったけれど、悪気はないのだけは判っていた。四年も見ていれば、馬鹿正直な男なのは知っている。

なんだかんだ言っても、伏木野の言葉は正しかった。芸術にしがみついていても自分は大成《たいせい》などするはずもなかったし、模型の分野では独立できるほどに仕事は増えた。

本当のところ、心から嫌いではなかったのだと思う。

伏木野の作品も、伏木野自身も。

もしも、あの日卒業後も会う約束をしていたならどうなっていただろう。

何度も、それを考えた。

何年経っても、ふっと記憶を探ってはそれを想像してみた。

――すべては、そんな自分の望みから始まった夢ではないのか。

卒業から四年も経って、メモの一枚も添えられていない封書なんて不自然過ぎる。不注意で階段を落ちたなんて間抜け過ぎだ。

もしかしたら、小さくなったのも自分の望み。小さくなって、伏木野の傍《そば》で過ごし、大事にされるのを自分は願ったのだろうか。

靴箱の中から救い出された瞬間、自分は伏木野に大切に扱われていた。あのときの必死な男の顔、あんな顔は記憶にない。

笑った顔も、名前を呼ばれて照れ臭そうにした顔も、すべて見たこともない表情ばかりだ。

全部、自分の望みか。

「……伏木野」

雪見はきらきらと躍る木漏れ日を見つめ続ける。

判らない。いくら考えても。

目覚めたら、自分はどこへ行くのだろう。

もう判らなくなってきた。

どこからが夢で、どこまで続く夢なのか。すべて自分の妄想に過ぎないのか、それとも少しは真実も入り交ざっているのか。伏木野の生《お》い立《た》ちが自分の妄想であるのなら、それはそれでいいかもしれない。

ただ判るのは、自分が伏木野に惹《ひ》かれているという事実だけだ。たとえ夢が、美術館よりもずっと以前から始まっていたのだとしても。

招待状の差出人を見た瞬間、心臓が弾《はず》んだ。

あの動揺は——そう、紛《まぎ》れもなく喜びだった。


二人が戻ってきたのがどれくらい経った頃なのか、正確にはよく判らなかった。

待つうちに眠ってしまった雪見は、体全体で感じる車の振動《しんどう》に目覚めた。日差しは淡く黄色みがかっており、午後五時ぐらいに見える。

戻ってきた二人はどういうわけか言葉少なで、普段から口数の少ない伏木野はともかく、彼女までもが店に来る前とは打って変わって物静かだった。これから二人でドライブでも楽しむのだろうと思いきや、彼女はすぐに車を降りた。

「じゃあね、伏木野くん。送ってくれてありがとう」

どうやら、最初に彼女を乗せた場所らしい。

あっさりと別れた二人に戸惑う。伏木野はどこへ向かうつもりなのか。車は走り続け、車内の音は途中で点《つ》けられたラジオから流れるニュースや音楽だけになった。

車窓《しゃそう》に映る空は、次第に赤みを帯《お》びていく。

夕暮れ時が近づく。

目的地に着いたのか、車は大きくカーブを描くような動きを見せ、完全に停車した。

ラジオの音が途切れる。エンジンを切ったのかと思えばそうではなく、クーラーの冷気は雪見のいる後部シートにも流れ続けていた。

車を降りる気配のない男が不思議でならない。後部シートの上を運転席とは反対側に移動し様子を窺ってみれば、伏木野はハンドルに突っ伏すように身を凭《もた》せかけ、フロントガラスの向こうを睨《にら》んでいた。

覚えのある特徴的な建物が見えた。

多用されたガラスが波を打つ壁面《へきめん》。傍《かたわ》らに並ぶ、陽光の色に合わせ、火照《ほて》ったように色を染めていく人の形を模《も》したオブジェ。

美術館だ。

個展は昨日で終了したはずなのに、用でもあるのか。瞬《まばた》きも忘れ、思い詰めたみたいにただ睨《にら》み据《す》える理由が判らない。

伏木野は長い間そうしていた。

もっと顔をよく見ようと、雪見は後部シートを下りる。運転席と助手席の間から、その顔を覗こうとして『わっ』となった。

バレたのではない。伏木野が唐突《とうとつ》ともいえる動きで、ドアを開けたからだ。

椅子から離れる男の体に、思わずしがみついていた。体というより、ジーンズに収まっていないシャツの裾《すそ》だ。

一気に雪見の体は宙に浮き上がった。『わっ！』どころか、『ぎゃっ！』と叫び出したいところだったけれど、恐怖のあまり声も出ない。この体のせいで多少は高所《こうしょ》にも慣れてきたとはいえ、無防備にシャツにぶら下がるのはわけが違う。

伏木野の歩みに合わせ、ぶらぶら揺れる。ずり落ちたら終わりという緊張感に、乗り物酔いになるどころではなく、どこをどう歩いて男が美術館に入ったのかもよく把握《はあく》できない状況だった。

前後左右に加え、しまいには上下の揺れまで加わって、もうダメだと思った。

落ちる。

そう思った瞬間、声を絞《しぼ》り出《だ》した。

「ふ……ふっ、伏木野っ!!」

助けを求める叫び声。ジーンズの尻ポケットの下辺りで、シャツの裾に文字どおり命がけで取《と》り縋《すが》っている雪見に気づき、伏木野が訝《いぶか》しげな声を上げる。

「……雪見?」

信じられないといった声だったが、すぐにその手に救い出された。

「ありが、とう……た、助かった」

乗せられた手のひらにへたり込み、ぜーはーと息をつく。このサイズになってからというもの、常に体力勝負、息を切らしてばかりな気がする。

「伏木野っ、おまえ、美術館になんの用っ、なんだ?」

両手両足を手のひらについた格好のまま、息を整えた。呼吸が落ち着くのを待てずに問いかけたものの、伏木野の反応は鈍《にぶ》い。

それもそのはずだ。

「おまえこそ、なにやってるんだ……こんなところで」

呆れるのも無理はない。本当に、『こんなところ』もいいところだ。自分のシャツの裾に人にぶら下がられ、それを知って驚かない人間などいないだろう。

「お、俺はおまえについて出てきたんだ」

返事にはなっていても、理由ではない。

けれど、伏木野も動揺して頭が回らないのか、追及すべきところがズレていた。

「いつから居た？」

「……車にずっとだ」

「そうか」

こんなときはその鈍さに救われる。鷹揚《おうよう》に頷く男に、身を起こして膝立《ひざだ》ちになった雪見は再び尋ねてみた。

「なんで美術館にいるんだ？」

閉館間際だからか、人気《ひとけ》はない。

落ち着いて周囲を見回せば、館内のホールが見える。夕日の躍る、広い吹き抜けのホール。

伏木野が雪見を手のひらに乗っけて立っているのは、あの二階の展示ホールから一階に向けて伸びる階段の上だった。

「ここって……どうして？」

雪見がたぶん転げ落ちた辺りだ。

伏木野はいつもと変わらぬ口調で答える。

「上野に拒否された」

「拒否って？　も、もしかして……おまえ振られたのか？」

「振られる？　なんの話だ？　おまえの模型の手伝いの件だ。上野に頼もうとしたが、無理だった」

「手伝いって……おまえが、彼女に？」

話は思わぬ方向に向かっていた。

雪見は啞然《あぜん》となるまま、その手の上にへたりと腰を落とす。二人の関係を勘《かん》ぐっていた自分の愚《おろ》かさに呆れると同時に、ほっと心の緊張が緩《ゆる》む。

自分の、ため——

「俺の手はもう借りたくないんだろう？　おまえは口出しするなと言ったが……おまえと俺だけじゃ間に合わなくても、彼女もいれば違うかと思ったんだ」

「違うって……」

「上野は昔おまえと付き合ってただろ？　だから、知ってるかと思った。おまえの、作り方とか、癖《くせ》とか。なんとかなるんじゃないかと思ったんだが、俺よりずっと知ってても不思議じゃないし……」

伏木野はこちらを見下ろしていた目をふいっと逸《そ》らした。何故だろう。雪見の目には、子供が拗《す》ねたみたいな仕草に見えてしまった。

まただ。卒業式での就職先もそうだったけれど、彼女との交際を伏木野が知っていたのが意外だった。大っぴらに彼女と構内でイチャついた覚えはない。そういう行為はしたくともできないのが雪見の性分《しょうぶん》だ。

「彼女には作品を手伝ってもらったことなんてないよ。人がいると気が散るだけだから、作ってるところを見られるのも俺は嫌いでさ」

たぶんそれも彼女と距離ができてしまった理由の一つだろう。他人と上手く時間を共有するのが苦手だった。

でも今は違う。きっかけはやむなくでも、伏木野とは一緒にいても平気どころか、傍にいるのが心地いいとさえ思えるようになっている。

「俺が手伝ってもらったのはおまえだけだよ」

正直に伝えた。真剣に考えてくれた男の気持ちが、素直に嬉しかった。ついぽろりと口にしてしまえたのは、やっぱり夢だからかもしれない。

伏木野はちょっと驚いたみたいに視線を彷徨《さまよ》わせ、頷いた。

「……そうか」

「彼女に手伝うのは嫌だって言われたんだろう?」

「ああ、嫌っていうか……無理っていうか。話があると言って来てもらったんだが……」

言《い》い淀《よど》む姿は珍しい。そんな理由で呼びつけられたと知ったら、彼女は不機嫌になって帰ってしまったというところか。

「なかなか、思いどおりにならないもんだな」

「それで？　なんで美術館に来たんだ？」

経緯《けいい》はおぼろげに理解できたけれど、今この場にいる繋《つな》がりが一向《いっこう》に判らない。

すっと伏木野は息を飲んだ。弾んだ肩に合わせ、雪見の乗った手のひらも僅《わず》かに上下する。

「戻ろうと、思う」

「え？」

「もう、夢から覚めてもいいかと思うんだ」

「ゆ、夢って……」

意味の判らない言葉。問い返す雪見の鼓膜《こまく》を、低い男の声音《こわね》は静かに震わせる。

「この夢は、俺の夢だ」

伝わる緊張感を身の下にも感じながら、雪見はその言葉を聞いた。

「雪見、おまえの夢じゃなくて、俺の夢なんだよ。そうとしか思えない」

「おまえのって……な、なんでそんなこと急に言い出すんだ？」

「俺の望みだったからだ。ずっと、おまえが傍にいればいいのにと考えていた。自分のものになって、自分の手の届くところにいてくれたら……ドールハウスみたいにな」

伏木野の手のひらの体温が上昇して感じられた。

雪見は体が火照るような感覚を覚えた。

「だから雪見、おまえが小さくなって現れたとき、これは俺の夢に違いないと思った」

「で、でも、おまえそんな話一度も……」

「夢でもいいかと思ったんだ。目、覚まさなくてもいいかって。約束、おまえが覚えてないって言うなら」

「……約束って、なんだ？」

久しぶりに聞いた言葉に緊張感が走る。

美術館で再会したときも、小さくなったときも、まるでほかのことなど目に入っていないかのように、伏木野はしきりに『約束』という言葉を使っていたのに、一切《いっさい》言わなくなっていた。

「卒業式で、約束したんだ。俺がドールハウスで認められたら、おまえ、俺のモノになってもいいって」

「は？」

雪見はただ驚き、首を傾《かし》げるのも忘れた。

まったく聞き覚えのない話だ。

「言っただろう？　本当に覚えてないのか？　俺が卒業後も会いたいって言ったら、おまえは嫌だって……どうしても嫌だって言うから、俺のことを認めてくれる方法はないのかって訊いたら、作品が世間に評価されたら、認めてやらなくもないって」

「え……」

「そしたら、『付き合ってもいい』っておまえ、俺に言ったんだ」

覚えがない。似たような会話をした記憶はあるけれど、伏木野の言うみたいな色恋沙汰《ざた》の話をした記憶はこれっぽっちもない。

卒業後の動向に拘る男を突っ撥ねた。執拗《しつよう》に『会いたい』と言うから、友人になるなんて真《ま》っ平《ぴら》だと思い、おざなりな返事をした。

『認めてくれ』と食い下がるから、誰がおまえの作品なんか認めてやるものかと、冷たくあしらった。

『そうだな、おまえのハウスが賞の一つでも獲《と》ったら考えてやるよ。おまえと、付き合ってやってもいい』

付き合って――あれは、あれがそうなのか。

「あ、あれは友達って意味で……伏木野、お……おまえのものになるって、どういう意味だ？」

「恋人になってくれって意味だ。おまえがあの約束を覚えてないなんて、信じられなかった。それならもう…目が覚めても俺にとっては意味がないから、このままでいいかと……」

淀みなく『恋人』という言葉を口にしながらも、次第に男の声は重々しくなっていく。雪見を載せた手のひらも沈みがちになった。

「けど、もういい。やっぱりこのままじゃダメだ。この世界にいたら、おまえはダメになる。たとえ夢の中のおまえでも、おまえが作品を作り続けられなくなるのは、俺は嫌だ」

「作品って……俺に才能なんてないと思ってたんじゃないのか？　おまえ言ったろ……美大、向いてないってさ」

「そんなこと、言ったか？　おまえの作品は精巧《せいこう》で、なんかそのまま現実に建ててしまえばいいんじゃないかって感じだったから……美術より、建築方面に行ったほうがよかっただろうにとはいつも思ってたが」

「……ふうん」

驚きはない。伏木野のその言葉を、雪見は不思議と冷静に受け止めた。

口下手《くちべた》な男がどういうつもりであの言葉を使ったのか、今はすんなりと判る気がする。

「雪見、おまえが好きだ」

体がきゅっと縮まる感じがした。

言葉に胸が苦しくなったからか、物理的なものかは判らない。

体を包んだ両手に、雪見は緩く握り締められていた。

温かかった。それは手のひらの上で眠りについたときと同じ温かさで、包まれると雪見の心は弛緩《しかん》する。その手にすべてを預ける心地よさに、心臓は柔らかく鼓動《こどう》し、嬉しくてならないと自分の体にも心にも訴《うった》えかけてくる。

幸せを体で実感するとしたら、たぶんこんな感覚なのだろう。

大人しく握られるままになっている雪見に男は言った。

「お別れだ」

まるで、『出かける』ときみたいにむすりとした声音だった。

「え？」

「俺は目覚める」

床にそろりとした手つきで下ろされ、雪見は伏木野の意図《いと》していることをようやく悟《さと》った。

飛び降りるつもりなのだ。

「ちょっと……ちょっと、待ってくれ。おまえの夢だって決まったわけじゃないだろう。勝手に人の夢を終わらせようとしないでくれ。これは俺の夢だ」

「違う。雪見、それがおまえの勘違《かんちが》いなんだ。おまえは俺の夢の存在に過ぎない。だから、そうやって俺にとって都合のいい言葉を口にする」

「え……」

そんなはずはない。意識はちゃんとある。伏木野に踊らされているつもりはない。

そうだ。この会話こそ、自分の生み出した想像の産物でしかない。目覚めれば伏木野とはまた赤の他人で、卒業式など過去の遠い記憶でしかなく、ただ日常を追いかけるだけの日常がまた始まる。

そこに伏木野はいない。

過去は、けして取り戻せない世界。

自分の後悔を思い知るだけの毎日。

「違う！　違うんだ。伏木野、今のおまえこそっ……俺に都合のいい存在なんだ」

「雪見、もういい。俺は判ってる」

「おまえはなにもっ、なにも判ってない！」

失いたくない。

夢なら、夢でも構わない。

そう、この夢の始まりに、今目の前にいるおまえがそう思ったと語ってくれたように、今自分こそがそう思っている。

いや、もっとずっと早くから自分はそう願っていた。

「……嫌だ！　階段から落ちたのは俺なんだ、おまえの夢であるはずがないだろ。伏木野、俺の言うことを聞け！　これは、俺の夢なんだから……」

夢の出口。入口。

夢はどこから始まり、そしてどこへ向かって出ていくのか。

「伏木野！」

階段の縁に立った雪見は、隣に聳《そび》える大きな山を見上げた。人の形を成した大きな山は、まるで奈落《ならく》の底に向けて崩落《ほうらく》していくように傾《かし》いだ。

小さな雪見に、世界の崩壊《ほうかい》を止める手立てはない。

ただ、その男の足元に取り縋るだけで精一杯だった。一人取り残されまいと、雪見は飛び上がった。

高く。高く飛ばなければ。

もっと高く。

ホールの天井が目に映った気がした。天窓から差し込む万華鏡《まんげきょう》のような美しい橙《だいだい》色《いろ》の光が躍る。

きらきら、そしてゆらゆらと。

◇◇◇

狭い。

目が覚めて最初に思ったのは、やけに狭いドールハウスだなという感想だった。

白っぽい味気ない箱だ。塗装《とそう》もなにもまだ施《ほどこ》されていない、作りかけのハウス。

ぱちり。むくり。操《あやつ》り人形にでもなったみたいに、雪見《ゆきみ》はリズムよく目を覚まし、ベッドに身を起こす。右側に扉が見えた。ベージュ色の磨《す》りガラスのついた引き戸だ。

『おかしいな、やけにリアルによくできた引き戸だな』と見ていると、前触れもなくガラッとそれは開いた。

「わっ」

「きゃっ」

同時に声を上げる。

人形が——滑《なめ》らかに動く、ナースの人形が入ってきたと思った。

「ゆ、雪見さん！　目が覚めたんですね！」

ナース人形が上げた声に、ようやく雪見は自分の置かれた状況を理解し始める。

「えっと、ここは……」

なんとなく病院と判っても、口にせずにはいられない。

「病院ですよ。雪見さん、あなたずっと意識を失ってたんですよ。美術館の階段から落ちたそうです」

「ずっとって……どのくらいですか？」

「三日です」

看護師は一瞬考えるような素振《そぶ》りを見せてから答える。

思ったよりも短い。十日と返ってくるかと思っていた。夢の中と現実とでは時間の経過《けいか》が違うのか。

現実。雪見は布団の上の両手を見た。自分の体を見てもあまり相違《そうい》は感じられないけれど、部屋や看護師の姿から元の大きさに戻れたのだと判る。

いや、大きさが戻ったのではなく、夢から覚めたのだ。言われてみれば、体の節々《ふしぶし》が痛い。大怪我を負《お》っている様子はないけれど、三日間寝たきりでいたからだけではないだろう。

「ご家族にも連絡しないと！　お母様、今日も付き添われてたんですよ。ついさっき帰られたところで……」

「母さんが……」

母が用意してくれたのか、雪見は薄いブルーのパジャマの上下を着ていた。

「……やっぱり」

ほらみろ、と思った。

自分の夢だったのだ。

そう思った瞬間、どこかにすとんと心が落ちてしまったような喪失感《そうしつかん》を覚える。じっと手のひらを見つめていると、看護師が言った。

「でも、本当に奇遇《きぐう》ね。一緒に落ちて、一緒に目が覚めるなんて……」

「……え？」

「伏木野《ふしきの》さんて方も、たった今意識が戻られたところなんですよ」

「伏木野って……階段を落ちたのは俺だけじゃないんですか？」

「ええ。私は又聞きしただけですけど、見た人の話によると、あなたを庇《かば》おうとして一緒に落ちちゃったんだって……ちょ、ちょっと、雪見さん？」

自然と体が動いていた。裸足《はだし》の足をベッドの下に下ろした雪見は、そのまま歩き出そうとして、傍《そば》に揃《そろ》えて置かれていた自分の革靴《かわぐつ》に目を留める。足先で引き寄せた。

「まだ急に起きたら駄目ですよ！　先生も今呼んできますから……」

看護師の意見は正しい。

くらり。立ち上がろうとするだけで、目が回る感覚を覚えた。けれど、雪見はじっとしていられなかった。

「ちょっと！」

「大丈夫です。少しだけ、少しだけ彼に会って確かめたいんです。彼の病室は近くですか？」

「伏木野さんなら、隣ですけど……雪見さん！」

「すぐ戻ります」

雪見は看護師を安心させるように笑みを見せ、出口に向かった。

体はどこか宙を舞っているみたいに覚束《おぼつか》なかったけれど、嫌な気分ではない。引き戸を開けると、どこかから解き放たれた感覚だ。

隣の病室。左右のどちらかを考える必要はなかった。廊下に顔を向ければ、こちらに向かってくる大柄な男の姿が視界に飛び込んできた。

伏木野は自分を見ると足を止める。雪見はパジャマに革靴のちぐはぐな格好だったけれど、伏木野も同じでパジャマに黒い革靴を履《は》いていた。

自分と同じく、ずっと寝たきりでいた証拠だった。

「雪見」

名を呼ばれた。

ただそれだけで、夢の中の時間を男が知っているのが何故だか判った。

思わず目を逸《そ》らした。

「雪見、約束っ……約束のこと、もう判ってるんだろう？」

こちらに歩み寄ってきながらそう声をかけられ、一瞬にして気が抜ける。呆《あき》れて笑うしかない。

「おまえは本当にそればっかりだな。もっとほかに驚くべき問題があるだろう。検証すべきことが」

病室へ戻れば二人だけで話はできそうにもない。二人は人気《ひとけ》のなさそうな廊下の奥へ向かい、そのまま非常階段に入った。病室は高い階にあったらしく、ふと顔を上げれば屋上へ続く扉が開け放たれている。

誘われるみたいに、表へ出た。

空は夕焼け空だった。

「まず、最初にはっきりさせておきたいことがある。俺とおまえは同じ夢を見ていたのか？」

ほかに人のいない病院の屋上で、手摺《てすり》を握り締めた雪見は語調を強めて言った。何事も理路《りろ》整然《せいぜん》としていなければ気がすまない性分《しょうぶん》だ。

話し合ってみたところ、どうやら本当に二人で一つの夢を共有して見ていたらしい。

「……不条理だ」

そう呟かずにはいられない。しかし、階段を一緒に転がり落ちた弾《はず》みに、夢が混線してしまったとしか考えられなかった。

理屈に合ってるとは思えないが、辻褄《つじつま》は合う。互いの意識が相互作用。押したり引いたりするみたいに絡《から》み合《あ》ったゆえに、自分の深層意識《しんそう》にもなさそうな出来事が夢の中で起こったのであれば、いくつかの疑問は解ける。

どこまでが事実に即《そく》していて、どこからが違うのか。

「上野《うえの》のこと……おまえ、彼女と会ってたのか？」

雪見は橙色《だいだいいろ》に染まる街並みから、隣の男に視線を移して問う。

「上野？　ああ、ほぼ毎日展示会に来てる」

自分にとっては忘れていたはずの彼女が夢に登場した訳。

伏木野は日参《にっさん》する彼女に、ポケットの中から耳にしたみたいな会話をずっと持ちかけられていたのだろう。

「一度、大学の人づてで頼まれて、ドールハウス教室の講師をやったことがあるんだ。そのとき上野が生徒で参加して……二年ぐらい前かな。それからだな、付き合いが始まったのは。ああ、付き合いって、年賀状もらったりとかだが」

「ふうん、彼女はドールハウスなんて興味ないはずだけどな」

それに、自分のところには年賀状もこない。

「そうなのか？　なんで講習なんて受けに来たんだろう」

「……自分で考えてくれよ、それくらい」

伏木野は彼女の想いにはどうやら気づいていないらしい。そういえば、大学時代もその手の関心は向けられても鈍感《どんかん》そうだった。

基本的に鈍《にぶ》い。他人に興味がない。

なのに、自分が彼女と付き合っていたことだけは知っていた。

「伏木野、夢の中でおまえがしてた卒業式の話……俺と付き合う約束だったとか……本当なのか？」

雪見は少し頭上ではあるけれど、すぐ傍にある男の顔を見上げる。当たり前であるはずの距離感や、自分の大きさがまだ少し馴染《なじ》まない。

「ああ、俺はおまえが好きだ」

「なんで俺なんか……」

「パン、くれただろう？」

「……は？」

「菓子パンをいつもくれたじゃないか。優しい奴だなと思って」

雪見は言葉を失った。

餌《え》づけか。

なにもロマンティックな話や、感動的な言葉が伏木野の口から出てくると思ってはいなかったけれど、それにしてもきっかけがくだらなさ過ぎる。

「お…おまえな、その理由はありえないだろ。ていうか、本当でも伏せておけよ、そういうことは……」

「そうか？　俺は感動したんだが」

本当にどこまでも口の下手《へた》な男だ。

もしあの卒業式で伏木野が順番を間違わずに告げていたとしても、自分はふざけてると思って取り合わなかっただろう。

遠回りしたわけではなかった。

「雪見？」

雪見は笑った。なんだか堪《たま》らなく可笑《おか》しくなって、ふふっと小さく息を零《こぼ》しながら、肩を弾ませる。

「雪見、笑ってないで返事を聞かせてくれ」

「え？」

「返事だ。ダメなのか？　俺のものにはならないのか？」

切羽詰《せっぱつ》まったみたいな顔の男が、ずいと一歩にじり寄ってくる。雪見は反射的に身を引きそうになった。

「ふ、伏木野……」

「ショックだった。おまえが覚えてなかったのが。俺は四年間ずっと……おまえに認めてもらいたくて、頑張《がんば》ったつもりだった」

「よ、四年って……頑張るって、おまえ……そんなことに時間費《つい》やしてないで、もっとほかにすべきことがあっただろ」

四年といわず何年でも、再会もせずに黙々《もくもく》と認めてもらう努力を続けるつもりだったのか。最初から、ボタンを掛け間違えたみたいにズレてしまっているとも知らずに——

「そんなことって、なんだ。嫌なのか？」

むっと男は薄い唇を尖《とが》らせる。

悩まずとも、答えならもう決まっていた。

けれど、素直に気持ちを言葉に表すのは少しだけ癪《しゃく》だった。

なにしろ、菓子パンだ。

「伏木野」

パジャマの胸元を、雪見は手繰《たぐ》り寄《よ》せて引っ張った。言葉のほうが簡単だろうに、行動に変える自分を少しだけ変だと感じながらも、体の動くに任せ実行した。

男の突き出し気味になった唇に、自分のそれを押し当てる。

「ゆき……」

伏木野の驚きも、名を呼ぶ声も、唇で封じ込んだ。

初めてのようで、そうではないキス。ちょいちょいと唇を舌先で突《つ》いてみれば、扉から悦《よろこ》び勇《いさ》んで走り出してくるみたいに、伏木野の舌も伸ばされてくる。

湿《しめ》ったそれに、ぺとりと触れてみる。

かぷりと歯も立ててみた。元のサイズに戻っても、大きく感じられる伏木野の舌は、すぐに雪見の口腔《こうこう》へと伸ばされる。

艶《なま》めかしいキスのはずなのに、なんだか切ない。もどかしくて堪らなかったキスの記憶は、たとえ夢でしかなくとも、ちゃんと体にも心にも残っている。

忘れない。

「雪見、これってどういう意味……」

唇を離すと、伏木野は至近距離から顔を覗き込んできた。

「……どう、思う？」

ちょっとだけからかうみたいに上目遣《うわめづか》いで口にすれば、男は今度は自分から噛《か》みつくようなキスをしかけてくる。

ぐいと雪見の腰を手摺に押しつける勢いで迫《せま》り寄《よ》り、逃げ場を奪いながら、再び唇を重ね合わせる。腰に回された手が、どうしたらいいのか判らないといった具合に絡《から》んできて、あの晩の記憶がちらちらと蘇った。

じわっと上がりそうになる体温に、雪見は頬を火照《ほて》らせる。

息が上がる。そっと胸元を押して離れた男の顔は、夕日に照らされていて、赤くなっているのかどうかは判らなかった。

見つめ合うと、やっぱりくすぐったい気がして雪見は少し笑ってしまう。

手摺に腰を凭《もた》せかけ、ふと頭上の空を仰《あお》いだ。

夕焼け空。東の空はすでに青みを帯《お》びており、深く澄み渡った空には一番星も浮かんでいた。

「久しぶりに夢、見た」

ぽつりと呟いてみる。

雪見の言葉に、伏木野も頷いた。

「あ…ああ、そうだな。そういえば、俺も久しぶりの夢だったかも」

「変な夢だった……ずっと仕事の夢とかしか見なくなってたのに……納期《のうき》に間に合わないとかさ、そういうの」

「嫌な夢だな」

「昔はいろんな夢みたのにな。空を飛ぶ夢とか、宇宙に行く夢とか……くだらないのも多かったけど」

柔らかくそよぐ風が頬を撫《な》でた。

「いつの間に夢を見なくなってたんだろう」

夢の記憶が、少しずつ遠退《とおの》く。

街が熱を失っていく。夏の夕暮れは優しいけれど、どこか寂しくもある。

大きく背や頭を反《そ》らすと、西の空に沈んでいく太陽が見えた。逆さになった雪見の視界では、滲《にじ》むように肥大《ひだい》した赤い太陽は、まるで街並みの中へと不条理に上《のぼ》っていくようだ。

赤い空の中を、滑空《かっくう》するように飛ぶ自分を少しだけ想像した。あのロール紙の滑《すべ》り台《だい》を、叫び声を上げて滑り降りたときのように。

「雪見、危ないぞ」

どこまでも背を反らしそうになる雪見の腕を引き、伏木野は起こそうとする。

不思議と怖くなかった。

でも、もう判っている。夢は終わったのだと。

現実は、今目の前にある。

雪見は思い切るように、すっと身を起こした。気がかりなことはたくさんあって、為《な》すべきことはいくらでも待っている。

「伏木野、俺とおまえは三日間気を失ってたんだよな?」

急に声色《こわいろ》を変えた雪見に、伏木野は面食《めんく》らった様子だ。

「え…ああ、そう言われたが」

「仕事はどうなってるんだ？」

真《ま》っ先《さき》に憂慮《ゆうりょ》すべき問題だった。

「俺の模型は？　おまえのドールハウスは？　個展もどうなってるんだ？」

「どうって……なにも捗《はかど》ってないだろうな。俺の個展は、べつに俺がいなくても三日ぐらい開かれてるんじゃないかと思うが……」

「思うって、おまえなにのん気に構えてるんだ。作家が意識不明なんだぞ？　大問題になってるに決まってるだろう」

「そうか？」

「そうだよ。俺の家族だって来てるっていうし、とにかく、病室に戻ろう」

「戻るって……」

夕焼け空を後にする。慌てふためいてその場を離れれば、渋々の様子で伏木野はついてきた。

「雪見、待て。階段を急いで下りるな。また落ちたらどうする」

子供みたいに注意を飛ばされながら、雪見は先を急ぐ。

眠っていた間に、なにがどう運んでいるのか判らないけれど、不眠不休で仕事の遅れを取り戻さなければならない自分は容易《ようい》に想像できた。

いくらリアルな夢でも、夢の中で成し得たことなんてないだろう。

そう思いかけ、ふと足を止める。

「……いや、夢の中で形にできたことも一つだけあるな」

「なに？　なんの話だ」

急いでいたかと思えば突然立ち止まる。一緒になって足を止めた伏木野は、雪見の言動に怪《け》訝《げん》な顔をしていた。

雪見はその顔を見た。

目の前にある答えを真《ま》っ直《す》ぐに見つめ、思わず笑んだ。

1/1スケールの恋

今でもふっと違和感を覚えることがある。

朝食のパンを口にするとき、作業机の上でカッターを操《あやつ》るとき、マジックテープではない衣服のボタンを留める瞬間。普通サイズの自分に、雪見有一《ゆきみゆういち》は『ああ、元に戻ったのだな』などと思ったりする。

戻ったのではない、目が覚めただけだ。自分は一時《いっとき》も手のひらサイズになどなっておらず、体験したはずのあれやそれらは夢に過ぎない。頭ではそう判《わか》っていながらも、あれがあたかも現実に起こった出来事であったかのように体は違和感を訴《うった》えてくる。

普通は、寝ている間の夢など目覚めてすぐから忘却《ぼうきゃく》の彼方《かなた》。断片的にしか記憶は残らないものだろうに。

「……よし、行くか」

シャツのボタンを留め終えた雪見は、なんとなく気合入れのように呟《つぶや》く。

べつに難しい打ち合わせに向かうわけでも、見合いの席が用意されているわけでもない。

半袖《はんそで》シャツにチノパンのカジュアルスタイルの雪見は、これから伏木野《ふしきの》の家を訪《たず》ねる約束なのだ。

伏木野円《まどか》。四年ぶりに再会したかと思えば、なんの神の思《おぼ》し召《め》しか揃《そろ》って美術館の階段を落下して気を失い、その上夢まで共有していた男だ。

『目が覚めるのも一緒なんて、本当に気の合うお友達ね』などと看護師たちに口々に言われ、見送られるようにして退院したのはもう先月の話。あれから二週間、雪見が伏木野に会うのは初めてだ。

まず、単純に忙しかった。意識を失っていたのは三日といえど、検査だなんだと退院には日数を要したため、仕事にも影響が出た。夢の中で懸命に仕上げようとしていた仕事は結局納期《のうき》に遅れてしまい、先方に平謝りでようやく納品を済ませたのは一週間遅れの昨日だ。

伏木野のほうは、異例の賞まで受賞したドールハウス作家が、個展を開催中の美術館で意識不明の事故とあってちょっとしたニュースになっていた。怪我の功名《こうみょう》と言えるのか、話題で注目度もアップ、どうやら忙しくしていたらしい。

電話では何度か話もした。けれど、受話器越しの伏木野ときたら、『うん』とか『ああ』とか相槌《あいづち》ばかり。無言になることさえしばしばで、ろくに会話にならない。

とにかく、ようやくお互いの都合がついて会うことになったのが今日、というわけだった。

夏休み真《ま》っ只中《ただなか》の八月上旬。表は蟬《せみ》もけたたましく鳴き放題の盛夏《せいか》だ。子供たちが元気に駆け抜けていく住宅街の路地を、大人の雪見は眉間《みけん》に皺《しわ》を寄せて不快そうに歩いた。

大学を卒業し、四年ぶりに通うはずの道なのにあまり懐《なつ》かしい感じはない。

大学の裏手に位置する住宅街。細い裏路地は、伏木野のポケットの中で揺らされて船酔い状態に陥《おちい》ったあの道だ。目印となる青い瓦《かわら》屋根の家の角を曲がれば、目的地の古い一軒家も見えてくる。

そして門扉《もんぴ》前には、一匹の猫の姿。ぼってりした腹の体を伸ばして日陰に寝そべっているのは、夢の中で散々《さんざん》自分を追い回してくれたあのトラ猫だ。

「おまえまでいたのか」

ここで会ったが百年目、積年《せきねん》の恨みを晴らしてやると言いたいところだけれど、とんだ逆恨《さかうら》みに違いない。ニャアともゴロゴロとも言わない、ふてぶてしさに変わりはない猫を跨《また》いで、雪見は門扉を潜《くぐ》る。

入口の引き戸は開いていた。

覗《のぞ》き込《こ》むまでもなく見えたのは、窓際の作業台に向かう大柄な男の姿だ。気配を察して振り返られれば、雪見の心臓は跳ね上がってドキンと鳴る。

「よお、伏木野」

努《つと》めて何気ない調子で声をかけた。

「ああ」

「仕事してたのか？」

「いや、おまえを待ってた」

なにやら手を動かして制作していたにもかかわらず、自分が来るのを待っていたのだと言い切る。この男はどうしてこう、顔色一つ変えず、にこりともしないくせに直球を投げてくるのだろう。

それとも自分が妙に意識し過ぎているだけか。

しょうがない。本来四年も会っていない上に、仲だってけしてよくはなかった男なのだ。それがなんの因果《いんが》か、こうして休日を合わせてまで会う約束ときた。

「そ、そうか、ちょっと遅れて悪かったな。ほら、これ手土産《てみやげ》だ。しかし変わってないなぁ、夢で見たまんまじゃないか」

通りすがりに律儀《りちぎ》に購入してきたケーキの箱なんぞをぎこちなく差し出しつつ、雪見は作業場を見渡す。

物の配置も、差し込む午後の光の色も夢と変わりない。立てつけの悪そうな木枠《きわく》の窓もそのままで、流れ込んでくる温《ぬる》い風が雪見の黒い髪を僅《わず》かに揺らす。

ざらりとした埃《ほこり》っぽい作業台を指でつっと撫《な》でると、雪見は置かれたハウスに目を留めた。

「この家、あのときの……」

端に置かれていたのは、夢の中で間借《まが》りして暮らしていた伏木野のドールハウスだ。

懐《なつ》かしい。素直にそう思った。

洋風の一軒家を目にした雪見は、その奥の自分の眠っていたベッドやら、レース編みのカバーのかかったソファやらをそっと覗き込む。

「二階から探してきた。おまえが使ってたのが気になって」

相変わらず、たどたどしいようなぶっきらぼうな口調で喋《しゃべ》る男だ。背後で響いた、椅子から立ち上がってきた伏木野の声に、雪見はどうにも慣れない気分だ。

「そ、そういえば、おまえ仕事はどうなんだ？　個展が盛況《せいきょう》だったから延長することになったって電話で言ってたろう？」

「ああ、今月下旬からになった。場所が変わるから新規っていうか、できれば新作も展示してほしいらしい」

「へぇ、すごいじゃないか。さすが、芸術家先生だな。えっと……場所が決まってるなら教えてくれよ、俺も見に行くから……」

『先生』はちょっと嫌味っぽかったかもしれない。慌てて言葉を続ける雪見は、シャツを引っ摑《つか》まれて『え？』となった。

怒って胸倉を摑み上げるのとは違う。大きな手が伸びてきたのは腹のところだ。

「な、なに？」

話もそこそこに、シャツの裾《すそ》をずるずるとボトムのパンツから引き出そうとする伏木野に、雪見はなにがなんだか判らず首を捻《ひね》る。

「なに、どうしたんだよ？　俺の服、どこか変か？」

尋ねてみたものの、ファッション的なセンスを目の前の男に諭《さと》される謂《いわ》れはない。ジーンズにTシャツの極めて洒落《しゃれ》っ気《け》のない男は、無言で雪見の服を引っ張る作業を続け、シャツの裾はあっという間に八割方出されてしまった。

するっと無遠慮にその下に滑《すべ》り込《こ》んできた手のひらに、雪見は『ひゃっ』と身を竦《すく》ませる。

深まる尋常《じんじょう》ならざる状況に焦《あせ》った。

「ちょ、ちょっ、ちょっと待て！　おまえはなにを始めるつもりなんだ!?」

「やりたい」

「……は？」

されるがままに服を脱がされかけ、胸元まで手を突っ込まれて、『なにを？』と問い返すほど雪見も初心《うぶ》ではない。

だがしかし、だ。

ムードどころか脈絡《みゃくらく》すらない。雪見はたった今やって来たばかりで、『やあやあ、いらっしゃい』、『これ、つまらないものだけど』、なんてな具合で手土産を渡し終えたところなのだ。

チリン。

戸口のほうから聞こえてきた音に我に返った。表に寝そべる猫にでも注意を促《うなが》したのか、路地を走り抜けて行った自転車のベルの音だ。

引き戸は全開だった。土間に突っ立ったまま肌を露出《ろしゅつ》させ、今まさに襲われんとしている自分の姿に雪見は『ぎゃっ』となる。

「や…やりたいって、アホか！　なに考えてんだおまえは!!」

腕を叩き落した。

雪見の怒りにも、伏木野はきょとんとするばかりだ。

「だっておまえ、付き合ってくれるんじゃなかったのか？　俺のものになるって、それでこないだ病院の屋上でキスしてくれたんじゃないのか？　まさか……また忘れたとか言わないだろうな？」

表情はほとんど変わらない強面顔《こわもて》。けれど、伏木野が情けなく眉を下げて迫《せま》ってくるような感じがして、雪見は仕方なさそうに息をつく。

「覚えてるよ。だから、こうして家にも遊びに来てやってるだろう？　おまえな、俺と付き合いたいって、そういうことしたいだけなのか？」

「違う」

「だったら……」

「けど、やりたい」

はやる気持ちは判らなくもない。好きな相手をデートに誘い、しかもめでたく付き合い始めとあっては、否応《いやおう》なしに体の関係だって意識するのが哀れな男の性《さが》だ。

「あのな、だからっていきなりおっぱじめる奴があるか！」

「いきなりじゃなきゃいいのか？　いつなら始めていいんだ？」

思い立ったら吉日か。羞恥心《しゅうちしん》もプライドも潔《いさぎよ》く欠如《けつじょ》した男の非常識な勢いに、どこまで単純なんだと雪見は呆れざるを得ない。

「いつって……こういうのは手順があるだろう。普通はそうだな、家に招いたんならお茶とか食事したり、一緒にテレビでも見てのんびり過ごしたりして……」

雪見も交際経験が豊富なわけではないが、それでも伏木野に比べれば遥かにマシだ。

「お茶……そうか、そうだな。今日は暑いからな」

妙に素直なところのある男は、納得したのか大きく頷いた。茶を出すつもりらしく、家の奥へと向かう伏木野に雪見はほっと息をつく。

茶の間、といった感じの一階の居間に案内された。冷えた二リットルのペットボトルのお茶とグラスをどんと出され、ティータイム。退院してからのことを話したり、点《つ》けられたテレビに目を奪われたりしているうちに時間はゆるゆると過ぎていく。

お茶にテレビ。自分の提案に間違いはない。

けれど——全然、まったく、これっぽっちも雪見は寛《くつろ》げなかった。

漂《ただよ》う緊張感。いや、『やりたい』オーラ。隣を確認しなくとも、鼻息荒く目を血走らせているんじゃないかってぐらい、伏木野が自分を見ているのが判る。

「……伏木野、おまえなぁ。さっきからせっかく点けてんだから、少しは俺じゃなくてテレビを見ろ」

「俺はおまえが見たい。見るのもダメなのか？」

「べ、べつに……ダメってことはないけど」

減るものではない。

でも、落ち着かない。ニュースが始まろうがバラエティ番組に変わろうが、芸人が笑いを取ろうと滑《すべ》ろうと、伏木野はお構いなしだ。丸い座卓に頬杖《ほおづえ》をついて、極力隣を意識するまいと努めている雪見を、穴でも空《あ》きそうなほど見つめてくる。

よく飽きないなぁなんて、ついに感心まで覚え始めた頃、男の手が動いた。

触りたそうに伸ばされた手。伏木野は大きな手を近づけては引っ込める。二度三度とそれを繰り返し、とうとう我慢しきれなくなったみたいに雪見に触れた。

変な触れ方だった。後頭部の髪を指でそろりと摘《つ》まむ。

髪の先なら気づかないとでも思っているのか。『バカだな』とか『仕方ないな』という気分で好きにさせていると、次第に手の動きは欲深になってきて、髪を梳《す》いたり指に絡《から》めたり。しまいには、辛抱堪《しんぼうたま》らなくなったみたいにぐいっと乱暴に引っ張られ、『なんの真似《まね》だよ!?』と抗議しようとして雪見はその声を飲んだ。

うなじをきゅっと摑んできた大きな手のひらに、体の中で眠っていたなにかがざわりと蠢《うごめ》く。

低い声が自分を呼んだ。

「雪見」

「……なんだよ」

「雪見」

「だから、なんだって……」

ちらとそちらを見れば、雪見は『あっ』となる。予想よりずっと伏木野の顔はすぐ近くにあって、黒い眸《ひとみ》は至近距離で自分を映し込んでいて、軽く身を傾《かし》げられただけでその唇は肌へと触れた。

「ちょ、ちょっ…と……」

頬を掠《かす》めるように撫《な》でた熱。拒絶する間もなく、言葉は重なり合った唇に飲み込まれていく。キスは一目散《いちもくさん》に深い口づけに変わった。力強い動きで、唇も歯列《しれつ》も分けて押し入ってくる男の舌先。強引に捻《ね》じ込《こ》まれると、雪見は自分とはまるで違うその感触や温度に慄《わなな》く羽目《はめ》になる。

「ふし、きの……」

なんだってこいつの舌はこんなに熱いのだろう。

まるで伏木野の中にはマグマでもあって、せっせと烈火《れっか》でも熾《おこ》しているみたいに熱い。

伏木野に口づけられると、口腔《こうこう》を犯されているような気分になる。分厚《ぶあつ》い舌をゆっくり抜き差しして動かされ、上顎《うわあご》のざらついたところをねとりと舐《な》め上《あ》げられれば、ぞくぞくと体の奥がいけない感じにざわつく。

「んっ……きの、まっ……待てって……」

押し返そうとした体はやけに筋肉質でびくともしなかった。一体なにを食ったらドールハウス作家がこんなに逞《たくま》しくいられるのか。

普通サイズに戻ってもまるで敵《かな》わない。

貪《むさぼ》りついてくる唇。鼻と鼻がぶつかり合う。ぷちゅりと唾液《だえき》の弾《はじ》けるような音が響き、波を打ってひくつく舌は絡《から》めとられて自由を失くす。

「あふっ……ん、ふっ……」

酸欠《さんけつ》のためか、頭がぼんやりしてきた。顎の力が抜け落ちたみたいに、だらしなく口は開いてしまい、いつもは頑《かたく》なでツンとした表情でいることの多い雪見の唇は、まるで伏木野を迎え入れるためのように綻《ほころ》んだ。

「あ……」

もう座っていられなかった。迫られるままカーペットに体を横たえれば、大きな影が降りてくる。

「雪見……」

伏木野はバカの一つ覚えみたいに自分の名を呼ぶばかりで、愛の言葉の一つもない。なのに頭上から顔を覗き込まれると、胸はよくない具合にどきどきする。

いつの間にか顎に溢《あふ》れて伝っていた唾液を、無骨《ぶこつ》な指が拭《ぬぐ》った。

愛《いと》おしそうに、何度か下唇を啄《つい》ばまれる。するりと口腔に入り込んでくる舌の動きに、体が弾《はず》んでしまい、重なり合う体がそれをやんわりと封じ込める。

伏木野のキス。自分を求め、官能《かんのう》を引き出す舌先。なにもかも淩《さら》い出《だ》され、持っていかれるみたいな感覚に、雪見は身を委《ゆだ》ねかけて『あっ』となった。

腰の辺りをぐいぐいと押してくるものに気がつく。

非常識なまでの存在感。圧倒する質量を感じさせる熱に、雪見はそれがなんであるかをおぼろげに理解しつつも、惚《とぼ》けたみたいに口にする。

「な……なんだ、それ……」

認めたくなかったのかもしれない。

こん棒、いや丸太かと揶揄《からか》ってしまいたくなるぐらいだ。

視界に入れなくとも判る。自分と比べるべくもない、その比類なき大きさとか、暴走寸前の興奮具合とか。

「や……やっぱ駄目だ、駄目だっ！」

また服を引き出そうとかけられた手に狼狽《ろうばい》した。ジーンズ越しに、ぐいと一突きでもするみたいに押しつけられた問題のものに、雪見はパニックになる。

「こら、やめろっ！　やめろっ…て言ってるだろ、伏木野……」

――や、ヤられる！

「ちょっ……ふしっ、まっ、円っ！」

びくっと男の動きが止まった。

名前が弱点なのか。普段誰にも呼ばれたことがないと言っていた男は、雪見がその名を口にすると、夢と同じく硬直して顔を赤くする。

デカイ図体《ずうたい》の男が頬を染めている姿は気持ち悪いの一言に尽きるが、雪見もそれを笑う余裕はなかった。

とにかく、この腕力《わんりょく》ではどうにも敵わない男を静めさせなくては。

興奮した馬や牛ではないから、『どうどう』と言って宥《なだ》めるわけにもいかない。

「まっ、円、落ち着け」

「雪見……」

「お、落ち着くんだ。こういうのは少し早い。さっき言っただろう、手順が大事だって」

「まだなにかすることがあるのか？」

眼差しが少し揺れて見えた。早くも熱に浮かされている男は、掠れ声で問いかけてくる。

「まだって……い、一日で一から十までするものじゃない。末永く付き合いたいなら、そこに至るまでのプロセスも大事だ。質のいいプロセスが……」

「どうすればいい？　おまえとなにをしたら、そこに行きつけるんだ？」

そんな具体的なことを問われても困る。

これはそう、半分は目の前の状況から逃《のが》れたいがための誘導《ゆうどう》だった。

「そ、そんなこと……おまえが自分で考えろ」

逃げてしまった。

物理的に家を飛び出したわけではないものの、伏木野が思いのほか素直だったのをいいことに、丸め込んで誤魔化《ごまか》し、あの晩は清い交際ですませることに成功した。

家に帰って、少し罪悪感を覚えた。あれはあれで、伏木野なりのストレートな好意の表れだったのかと思うと、無下《むげ》にして悪かったかななんて仏心《ほとけごころ》も芽生《めば》えた。

けれど、自分は間違っちゃいないはずだ。だいたい同性なだけでも充分慎重になるべきところを、あの男は直球ゆえにいろいろすっ飛ばし過ぎる。

でも、まぁそれもこれで改まるだろう。まともな交際の手順のなんたるかを、少しは考えるはずだ。

伏木野のことだから、どうせ食事に誘ってきてもオヤジ臭い居酒屋とか……ヘタすれば牛丼屋やラーメン屋もあり得るけれど。まぁ、それならそれでいい。真剣に頭を悩ませた結果なら、自分だって受け入れようもある。

それに、もしかするとあの男でも気を利かせた場所を考えないとも限らない。夢の中では、祝いに洒落た料理やら酒も買ってきた。

どうしよう。男同士なのに、伏木野が行き過ぎてホテルディナーやらカップルシートやらを予約してきたら。

なんて――

「……って、心配損じゃないか」

雪見は思わずぽつりと呟き、テーブルの向こうから聞こえてきた声に我に返る。

「雪見さん、なにか問題でも？」

目の前にいるのは伏木野ではなく、雪見に度々《たびたび》仕事を発注してくれている、言わば得意先の担当の男だ。住宅模型の新規の依頼を受け、カフェで詳細の確認に顔を合わせているところだった。

平日の午後のカフェは、ランチタイムも終わった時刻で客もまばらだ。まったりした空気に、つい気が緩《ゆる》んでしまった。

広げた平面図を前に零《こぼ》した一言に、テーブル越しの男が不安げな表情を浮かべている。

「い、いえ、すみません、なんでもありません」

雪見は焦《あせ》って応《こた》えた。

とんだ失態《しったい》だ。これというのも、あの男のせいだ。

ない。

あるべき連絡が、ちっともない。もうあれから一週間なのに、カップルシートはもちろんラーメン屋への誘いもなく、雪見は待ちくたびれてイライラ。ついに打ち合わせ中にボヤキまで零してしまう始末だった。

「では、また連絡します」

どうにか無事に打ち合わせを終え、カフェを後に仕事の担当者とも別れた雪見は、歩道を大股で歩きながら苛々《いらいら》と考える。

一体、伏木野はなにをもたもたやっているのか。

それほど無理難題を背負《せお》わせたつもりはない。

伏木野と付き合う気もある。ただちょっと、普通の付き合いがしたいだけだ。ありきたりの交際をしたいだけなのに。

道行くカップルを目にしても出るのは溜め息ばかりだ。

「……くそ、手間がかかるな」

真っ直ぐに家に帰って、作業中の仕事に戻る予定だったけれど、雪見は伏木野の家に寄ってみることにした。できれば一言ぐらいメールででも断わって向かいたくとも、伏木野は今時携帯電話を持っていない。

ほとんど家にいるから、固定電話さえあれば事足りると話していたが――

「全然、足りてないじゃないか」

伏木野の家に辿《たど》り着《つ》いた雪見は、開口一番《かいこういちばん》ぼやく羽目になった。

引き戸が閉まっている。きっちり鍵までかかっており、呼《よ》び鈴《りん》にもノックにも無反応。どうやらその滅多《めった》にないはずの外出をしてしまっているらしい。

タイミングが悪いにもほどがある。

どうしたものか。ここで待つべきか出直すべきか、それともやっぱり連絡が来るまで知らん顔を決め込むか――

「ん？」

悩んでいると、雪見は足元をするっと過《よ》ぎった影を感じた。

今日は門扉前にいないとばかり思っていた猫だ。太った体をゆさゆさ揺らしながら、家の脇《わき》へと向かっていく。まるで目的地でもあるかのように進む猫は、作業場の窓枠にひょいと飛び上がった。

夢と同じ。巨体に似合わず軽《かろ》やかな動きだ。

「おい」

咄嗟《とっさ》に声をかけても、猫は雪見のほうをチラと振り返っただけで、なんら躊躇《ためら》う様子もなく家の中へと入っていった。

近づいてみれば、窓は十センチほど開いたままになっている。猫の様子からいって、いつも開きっぱなしなのだろう。

「伏木野の奴、無用心じゃないか」

そう言いながら、立てつけの悪い窓を開けて中に侵入《しんにゅう》したのは泥棒ではなく雪見だ。

しばらく待つにしても、表は暑くて適《かな》わない。周囲には涼《すず》む店もない。言い訳を思い浮かべながら、とても軽やかとはいえない動きで窓を潜った雪見は、作業机の上のものを踏まないよう気をつけながら中に降り立った。

伏木野はやはり家にいる様子はない。

我が物顔の猫は机の下にいた。締め切った作業場は蒸し暑く感じられるけれど、土間の床は冷やりとしているのか、だらっと寝そべり心地《ここち》よさげに目を閉じている。

風を入れようと、雪見は引き戸を開いた。

午後三時。まだまだ昼はこれからとばかりに太陽がギラついている。緩《ゆる》い風に乗って流れ込んでくる熱気を、作業机の椅子に座ってぼんやり感じていると、そう経《た》たないうちに表に人の気配を感じた。

ほっそりとした人影は、伏木野ではなく白い日傘を差した女性だった。

「こんにちは、伏木野さ……」

女性は中を窺《うかが》い、雪見の姿に目を留めると不思議そうな顔をする。

「あの、えっと……伏木野さんは？」

「彼は外出中ですが……どちらさまですか？」

勝手に居座っている身としては居心地の悪い気分で、雪見は立ち上がった。

「この近所に住んでる森野《もりの》と申します。いらっしゃるかと思って、久しぶりに訪ねてみたんですが」

白い日傘を畳《たた》みながら、彼女は頭を下げる。買い物帰りか、淡いブルーの木綿《もめん》のワンピースの胸元に抱《かか》えているのは茶色の紙袋。夏らしく一纏《ひとまと》めにした髪に白い首筋が眩《まぶ》しい。美しくもたおやかな女性は落ち着いた年齢に感じられるが、よく見ればまだ若く、二十代のようだった。

見つめる雪見を、彼女もまじまじと見返してくる。

きっと伏木野との関係が判らずにいるのだろう。

自《みずか》ら名乗るべきか否《いな》か——

「もしかして、伏木野さんのお弟子さんですか？」

「は？」

「あ、ごめんなさい、違ってましたか。伏木野さんのお宅に誰かいるなんて、初めてだったものですから。ご兄弟はいないと伺《うかが》ってましたし、お友達という感じでもない気がして……」

『友達に見えない』というより、伏木野に友達がいるようには見えないのだろう。偏屈《へんくつ》とも言えるほどの変人ぶりだ。

しかし、だからといってまさかの『弟子』扱《あつか》い。自分はそんなに未熟な男に見えるのか。

雪見はちょっとばかり気落ちした。

そもそも、弟子を従《したが》えているドールハウス作家などいない。女性はあまり伏木野の仕事に詳しくなさそうだ。

「僕は彼の大学時代の同級生です。あ、どうぞ、よかったらお入りになってください。えっと……今日はどういったご用件で？　なにか町内の連絡事でも？」

「あっ、違うんです。私はドールハウスの依頼で……」

「え？　依頼人の方でしたか」

雪見はやや驚き、目を瞠《みは》らせた。中に入るよう勧《すす》めると、彼女は促されるまま数歩作業場に足を踏み入れつつ言葉を続ける。

「いいえ、それもちょっと違うといいますか……今は忙しいからと、伏木野さんには随分《ずいぶん》前に一度断わられてるんです。なんでも、今年は個展の準備でお忙しいとかで」

ドールハウスに興味があるのに、すでにその個展は開催され、伏木野が事故にあったりと騒がれたのは知らないのだろうか。

解《げ》せない顔をしてしまったらしい。彼女は戸口の脇の小さな窓を指で示した。

「通りすがりに、そこの窓から伏木野さんの作品が見えたのがきっかけなんです。窓辺に素敵なお家が置かれてて……私は雑貨屋さんのディスプレイかな、なんて思って、ついフラフラと中を覗いてしまったんです。そうしたら、なんでもドールハウスを制作なさってる職人さんだそうで」

自分の行いを思い出せば恥ずかしかったのか、説明する彼女の白い顔は赤く染まる。

「ああ、まぁ……珍しいことではありませんよ。彼の作品は……昔からそういう人を惹《ひ》きつけるところがあるんです。美大時代からそうでしたから」

あの頃から、妬《ねた》ましいほどに自分も気がついていた。

「それで、伏木野に制作の依頼を？」

「ええ、できればお願いしたいハウスがあって……」

「どんな？」

「チャペルです。主人と結婚式を挙《あ》げたドイツの田舎《いなか》の小さな教会なんですけど」

「思い出の場所ですか？」

「ええ、主人はドイツ人で、しばらく私も向こうに住んでました。でも、主人は五年前に病気で他界《たかい》してしまって……今はもうあちらに行く機会もなかなかないんですけども、あの礼拝《れいはい》にも通っていた教会が忘れられなくて……」

単なる記念にほしがっているのかと思えば、なんだか切ない話になってきた。

「そ…うなんですか。そういうことなら、伏木野も作ってあげればいいのに」

「いえいえ、そんな！　ドールハウスのことなんてよく知りもしない人間の我儘《わがまま》ですから。それに、こうして時々お仕事場の作品を覗かせてもらうだけでも嬉しいんです。伏木野さんの作品も、このお仕事場の雰囲気もとても和《なご》むっていうか……あの教会にいるのと同じ気分になります」

作業台の上の窓から伸びた午後の光が、コンクリートの床を照らしている。光の道筋では、空気中に漂うハウスダストがキラキラと輝き、まるで美しくも神聖な場所のようだ。

作業場を見渡した彼女は笑《え》んだ。

「私もすっかりあの方のファンになっているのかもしれませんね」

「ファン？」

「ああ、そうですこれを！　今日はちょっと焼き過ぎてしまって、それで伏木野さんへ差し入れにと思って持ってきたんです」

思い出した様子で、彼女は胸元に抱いていた紙袋を差し出してくる。

「え……」

受け取った袋を覗いた雪見は戸惑った。

開き見た袋の中身はパンの山だ。

ふかふかとした、狐《きつね》色に焼き上がった菓子パン。

「よかったらご一緒にどうぞ。この先のスーパーの隣で小さなパン屋をやってるんです。伏木野さん、最初はとっつきにくくて怖そうな方だなと思ってたんですけど、パンを差し上げたらとても喜んでもらえて……お話も聞かせてくださるようになったんですよ」

「伏木野が？」

「ハニーハニーがお好きみたいです。花蜜《はなみつ》と甘露蜜《かんろみつ》をブレンドでたっぷり使ったスティックパンなんですけど……ふふ、男らしくてちょっと怖い顔をなさってるけど、甘いパンがお好きなんて可愛《かわい》らしい方ですよね」

伏木野の話をする彼女はふわりと微笑《ほほえ》む。まるで袋の中から立ち上ってくる甘いパンの香りにも似た、とろけるような優しい笑みだ。

「では、私はこれで…失礼します。伏木野さんによろしくお伝えください」

再び日傘を差した女性が去っていくのを、雪見は戸口に突っ立ったままやや呆然と見送った。

可愛らしい……その単語だけが、表の強い日差しのように頭の奥深くに焼きついてくる。

なんだなんだ、と思った。

美貌《びぼう》の未亡人が菓子パンを持ってきた。伏木野のファンだと言って、伏木野を可愛らしい方だなどと言って。

自分の元カノといい、未亡人といい、なんだってあんな鈍《にぶ》くて変人思考の男に女性が集まってくるのか。

納得できない。今回に限ってはべつに自分の彼女だったわけでもなく、無関係であるのに、解せない雪見は落ち着かない気分になる。

作業机の椅子に戻ってぼんやりしていると、またそう時間の経たないうちに、今度は家の主人が帰ってきた。

「雪見、来たのか」

家の中を覗いた伏木野は、勝手に侵入されていることなど少しも気に留めない様子で、どこか弾む調子で言う。暑い表を歩いて帰ってきたからか、その声は自分の来訪《らいほう》を喜んでいるようにも聞こえる。

「どうした？　俺に会いに来たのか？」

どうしたもこうしたもないだろう。けれど、『おまえがデートに誘ってくれないから焦《じ》れて様子を見にきた』なんて皆まで言えるわけがない。

「勝手に入って悪い。その……近所まで来たんだ。そう、近所に大事な用があって、そのついでに……おまえどうしてるかなぁなんて」

思わずなんの気ない振りをしてしまった。こんな家からも離れ、商業施設どころかコンビニの一つもない住宅街になんの用事があるというのか。

けれど、伏木野はあっさり信じてしまったらしい。

「そうか……ついでか」

「おまえは？　買い出しに行ってたのか？」

「ああ、ちょっと……急ぎで作りたいものがあって、材料が足りなくてな」

男の両手には白い大きなレジ袋が二つ下がっていた。

ホームセンターで購入したのか、ロール状のものは普通の壁紙のようだが、ドールハウスの材料にするつもりだろう。

荷物を置こうとして、伏木野は窓辺の机の上に目を留めた。

「ああ、ついさっき森野さんって人が来たぞ。その辺で擦《す》れ違《ちが》わなかったか？　おまえに差し入れにって……それ、持って来てくれたぞ」

紙袋をちょいと指先で開けて覗いた伏木野は、嬉しそうに目を細めた気がした。好物に違いない。大学時代、腹の虫を静かにさせようと自分が菓子パンを渡していたのにいたく感動して惚《ほ》れるほどの男だ。

雪見はどうにも面白くない気分だった。けれど、自分でも理由の判らない不機嫌を前面に押し出しても仕方ない。

「……そうだ、ついでだし……伏木野、おまえ夕飯でも一緒に食いに行くか？」

「あ……いい、やめておく」

「用事でもあるのか？」

「ちょっと早めに片付けてしまいたいものがあるんだ」

伏木野に任せていては埒《らち》が明かないと誘ってみたのに、よもやの断わり文句。袋から購入してきたばかりの材料を取り出す男は、そのまま机につき、早速《さっそく》作業に取りかかろうとする。

「なんだ、急ぎの仕事か？」

仕事なら仕方がない。一刻《いっこく》を争うスケジュールで伏木野がドールハウスを制作しているとも思えなかったけれど、創作にはなによりモチベーションが重要。やる気のあるときに向かうべきなのは、雪見も身をもって判っている。

「ふうん」

邪魔をするつもりはなかった。自分に構う様子もない男の広い背中を、雪見はじっと見つめる。

ただ、どんなものを作ろうとしているのか純粋に興味を覚え、背後からそっと覗き込もうとしたそのときだ。

「悪いが、今日は帰ってくれるか」

振り返り見た男は、雪見の視界から大きな体で机上を遮《さえぎ》り、はっきりと言った。

「は？」

雪見は呆然となる。自分がいても、作業の妨《さまた》げにはならないはずだ。一言も言葉も発していない。以前、夢の中だが自分が作業を見ていたときには、そんなことは言わなかったくせに。

動揺しつつも、平静を装《よそお》った。

「ちょ、ちょうどよかった。俺もそんなに時間がないんだった。今日、新しい仕事の打ち合わせもしてきたところだしな」

追い出されるわけじゃない。自分だって忙しい。そんな虚勢《きょせい》を張ってしまえば、伏木野はほっとした様子で引き止める言葉もなかった。

「そうか、頑張《がんば》れ」

本気なのか、口先だけなのか。仏頂面《ぶっちょうづら》過ぎて判らない励《はげ》ましの言葉を残し、男はまた机に向かう。雪見はしばらく放心してからその場を離れた。

「……帰る」

聞こえなかったのか、返事はなかった。

のろのろと作業場を後にする。表はようやく日が傾き始めていたが、まだまだ暑い。熱気の中で背後を振り返ると、腹は減っていたのか、パンの袋に手を伸ばしている男の姿が戸口の先に見えた。

取り出されたのは、長いスティックパンだった。


『あー、ごめんごめん、君まだ本調子じゃないみたいだったから、今回はMハウスさんにお願いしたんだ』

電話の向こうで、取引先の窓口となっている広報担当の男は申し訳なさそうに言う。

こないだカフェで打ち合わせた仕事を急ピッチで終えた雪見《ゆきみ》は、少し余裕ができた。

そして、いつもだったら定期的に来るはずの注文が一つないのに気がついた。不思議に思って電話で尋《たず》ねてみると、事故で仕事が押していたのに配慮《はいりょ》して、余所《よそ》に依頼は回してしまったらしい。

「そうだったんですか、じゃあ……また機会がありましたら、よろしくお願いします」

『もちろん！　次の物件は、君に頼みたいと思ってるよ』

前向きな返事にほっとする。けれど、話を終えて電話を切ると、そんな甘い反応に喜んでいてはいけないなとも思う。

携帯電話を机の端に置きながら、雪見は小さく息をつく。

自分の建築模型はリアリティが売りだが、それは言い換えれば精巧《せいこう》なだけに過ぎない。技術的に追いつく者が現われれば、いつでも今いる場所から追われる。

フリーの身では、病気や怪我が命取りになるのも、今回のことで身に染《し》みて判《わか》った。

とにかく今目の前にある仕事をこなそう。

それほど急ぎではないが、昼から手をつけた模型のパーツを組み立てようと机に向かい、雪見は動揺した。

「……嘘だろ」

手元のスチレンボードは、接着《せっちゃく》しようにも長さが足りていない。

有り得ない痛恨《つうこん》のミスだった。建物の横壁《よこかべ》の高さが合っておらず、どこかで寸法《すんぽう》を間違えてしまったらしい。

全然集中できていない。がっくりして椅子の背凭《せもた》れに深く体を預けると、否応《いやおう》なしに壁のカレンダーが目に飛び込んできた。

伏木野《ふしきの》と最後に会って、もう二週間になろうとしている。

「早く行かないと、終わってしまうな」

カレンダーを前に気になったのは、場所を変えて開催されている伏木野の個展だ。

結局、場所も教えてもらっていないから開催期間も含めて自分で調べた。前回の美術館での開催時には招待券まで送ってきたのに、今回は誘いの一言さえない。

まさか、来てほしくないんだろうか。

「忙しいってなんだよ、まったく」

付き合い始めが肝心《かんじん》じゃないのか。釣《つ》った魚に餌《えさ》をやらないタイプか。

「……釣られている間だって、ろくな餌をもらった記憶がないけどな」

『好きだ』『俺も』と言い合ったら、極《ご》自然にステップアップ、後は流れに乗ってめでたしめでたしになるものと思っていた。

いや、『俺も』ははっきり打ち明けていないから、こんな風に拗《こじ》れてしまったのか。

まるで入口も出口も見失った夢のように、現実もままならない。

こんなことなら、あのとき……あの屋上で自分も『好きだ』と言葉にすればよかった。

そう、すべきだった。

「……はぁ」

もう夕方だ。窓の外はだいぶ日も傾いていて、部屋の中に差し込む光も和《やわ》らいでいる。

雪見は邪魔臭《じゃまくさ》げに脇《わき》に追いやっていた、机の上の袋を引き寄せた。

昼にコンビニへ弁当を買いに行った際に、ついふらふらと手を伸ばしてしまった菓子の袋。

駄菓子《だがし》的なものの陳列《ちんれつ》されていた棚《たな》にあったそれは、やっぱり見た目どおりあまり美味《おい》しくはなくて、二つほど口に放り込んだだけで食べるのはやめてしまった。

胡散臭《うさんくさ》い、ピンク色をしたマシュマロだ。

「こんなもの、投げ合ったんだよなぁ」

あの夢の中で胸に枕のように抱いたはずのマシュマロは、指の先で摘《つ》まむのにちょうどいい大きさしかない。

雪見は食べる気もないのに、取り出して触れてみる。

ふにふにとしたその弾力《だんりょく》を楽しめば、自然と言葉は零《こぼ》れ落《お》ちる。

「楽しかったな……」

あんな風に笑ったのは久しぶりだった。

今はもう遠い出来事に思える。

遠いもなにも、ただの夢だ。けれど、現実もそう変わりはない。楽しいことはどんなにたくさんあろうと、いつの間にか指の間からさらさら落ちる砂のように消えていき、鮮明に残る記憶は少ない。

そして、気づけば現実の自分はこうして脱力してぼやくばかりになっていたりする。

「伏木野のバカ、さっさと……」

さっさとなんだ。

それ以上考えるのを放棄《ほうき》するように、椅子のヘッドレストに頭を預けた雪見は目を閉じた。

暖かいなと思った。

体を包むまったりと温《ぬる》い空気に、クーラーが切れてしまったのだろうかと訝《いぶか》りながら目蓋《まぶた》を開いた雪見は、椅子にいるはずの自分が横たわっているのに気がついた。

ベッドに移動して眠った覚えはない。どうしたのだろうと、のそりと身を起こし、そして状況に驚いて周囲を見回す。

そこは、ひどく懐《なつ》かしくも現実離れした場所だった。

雪見は人の手のひらの上に乗っかっていた。

そう、十五センチ弱サイズに逆戻りだ。そんなバカなと戸惑いつつ見上げた先には、目下《もっか》揺りかごともなっている大きな手の持ち主の顔がある。

「……雪見」

やたら男性的な彫《ほ》りの顔立ち。くっきりとしたその眉《まゆ》はどこか苦しげに寄せられ、男の唇から掠《かす》れた声となって零れ落ちたのは自分の名だ。

けれど、呼ばれたのではない。伏木野のやや伏せられた目の先は、手のひらではなく足元の辺りに向けられている。机に遮《さえぎ》られて見えない、腰の辺りだ。

「伏木野？」

自分を大事そうに手のひらに乗っけておきながら、まさか存在に気づいていないなんてことはないだろうに。

「おい、伏木野！」

雪見は注意を引こうと声を上げた。手のひらからも降り、てってってっとリズムを取るような調子で机の端に向かう。

「うわ……」

下を覗いてびっくりした。

高所恐怖症だからではない。作業机の椅子に座った伏木野は、あの夢のパーティの夜と同じく、よからぬ行為に耽《ふけ》っていたからだ。

すなわちアレだ。いわゆる自慰《じい》行為だ。

うわ、うわっ、うわっっ！

雪見は体が小さくなったと同時に、どことなく思考も子供っぽくなった頭でめいっぱい動揺する。

「雪見」

目が合った。頭上を仰《あお》げば、今度は伏木野は自分に呼びかけてくる。

「わっ」

反応にまごつくまでもなく、ふわりと体が浮いた。先ほどの手のひらに掬《すく》い上《あ》げたかと思うと、伏木野はまるでやっと見つけたとでもいうように、自分に向かってぎこちなく笑《え》んだ。笑っていても、怖い顔つきだ。いや、不似合いな顔で微笑んだりするから、引《ひ》き攣《つ》って見えて怖い。切れ長の迫力ある双眸《そうぼう》は、手のひらの動きに合わせて眼前に迫《せま》り寄《よ》り、ひっとなって仰《の》け反《ぞ》りかけた雪見の顔に触れたのは生暖かな感触だった。

濡《ぬ》れた男の舌先が、ちょいと唇を突《つ》くみたいに触れる。

歪《いびつ》なキス。

夢で何度も繰り返した、あの切ないキスだ。

「伏木野、おまえ……」

なんだ、と思った。

なんだ、やっぱり俺のこと好きなんじゃないかよ——なんて。

自分はいつからこんなに単純思考になったのだろう。呆れるほどあっさり気をよくし、男の大きな手のひらの端に腰をかけた雪見はぽっと頬を染《そ》めたりする。

けれど、初々《ういうい》しくも可愛《かわい》らしい反応を見せていられたのはそこまでだった。

「え……うわっ、ちょっとなに、なんだよ？」

伏木野の顔からすいっと遠ざけられたかと思うと、手のひらから降ろされたのは男の腰の上だ。椅子に座った伏木野の下《した》っ腹《ぱら》辺り。つまりは寛《くつろ》げられたジーンズの合わせ目から、出てはならないものが元気にそそり立ったりしちゃってる場所だ。

——うわぁ、間近で見てもやっぱりデカイなぁ。

なんて、馬鹿げた感心をしている場合ではない。

「おまっ、なに考えてんだっ!!」

俄然《がぜん》、雪見の罵《ののし》る声も大きくなる。

「雪見」

動《どう》じる様子もない男は、切なげな声で自分を呼んだ。

名前を呼ばれたぐらいで、もう心揺さぶられたりするものかと思う。すると、その気持ちを読み取りでもしたかのように、ぶっきらぼうながらも伏木野は言葉を紡《つむ》ぐ。

「雪見、好きだ」

「ば、バカ、そんな単純な言葉で俺が絆《ほだ》されるとでも思ってんのか」

「雪見、俺のものになってくれ」

「そんなこと言って、おまえ俺を放ってばかりじゃないか！　もう……おまえの言うことは金輪際《こんりんざい》信用しない。ああ、するもんか！　おまえなんて関係ない。だいたい四年も会ってなかったんだ、今更全然会えなくたって……」

小さくなると、その体に溜《た》め込《こ》んでいられないとばかりに、言葉はぽろぽろと素直に零れ出す。

不満、すなわち本音の数々。

「雪見、愛してる」

信じがたい言葉を耳にして、不覚にも胸がきゅっとなった。

伏木野のくせに生意気だ。

「そんな言葉で、俺が……」

罵ろうとするも、ぐらりと傾《かし》いだ地面に雪見の勢いは奪われる。伏木野は僅《わず》かに身を動かしただけだったが、フラットな机の上とは違い、傾斜《けいしゃ》も弾力もある人体の上では足元は覚束《おぼつか》ない。

「わっ……」

思わず言葉を発したのは、転びそうになったためか、触れたもののせいか判らなかった。

どくん、と全身で感じた鼓動《こどう》。

よろけた雪見は、突っ伏《つぷ》すようにして伏木野のソレにしがみついていた。大きな幹《みき》にでも腕を回すみたいに触れれば、体全体でもってその熱も昂《たか》ぶる感触も覚える羽目《はめ》になる。

ぴたりと肌に吸いつく感じがして胸元を見れば、雪見は裸になっていた。マジックテープの衣服も、パンツも靴下もない。さっきから、伏木野の手の中で目覚めたときから実は裸だったのだろうか。さっぱり覚えがない。

雪見は事の理不尽さをあまり深く追及《ついきゅう》しようとはしなかった。

考えても仕方がない。考える必要はない。

だって、どうせこれは全部——

「伏木野……あっ……」

ちょいと大きな指が尻を押し上げ、雪見は体を動かされた。この体勢で体をずらされると、どうしたって全身を擦《こす》りつける格好《かっこう》になる。

「バカ、なにやって……やめろ…っ……」

たとえ本気の拒絶でも、このサイズでは口先の抵抗にしかならない。

上下に視界が揺れる。

ずるずると体が沈みそうになっては、押し戻される。

「……はぁっ」

なんだか体が熱くなってきた。ぼうっとする。きっと摩擦熱《まさつ》だ。伏木野が揺さぶるから——けれど、熱はまるで浮き上がる傍《そば》から流れ込むみたいに体の一箇所《いっかしょ》に集まって、雪見の体は熱いだけではないじんじんともどかしい感覚に満たされる。

「……雪見」

「や、やだ…っ……こんな、の……」

「なんか、おまえの小さいけど、コリコリしてきた」

「いうっ、言うなバカ…っ、あっ……」

勃起《ぼっき》していることぐらい、自分で判っていた。伏木野のソレに擦れて堪《たま》らない。

「あふ…っ……」

尻を押し上げる伏木野の指先にすら感じてしまった。塗料《とりょう》や接着剤で荒れた男の指は、以前の夢の記憶どおりの少しざらりとした感触で、尻やその奥の敏感な部分に触れられると泣きたくなるような衝動が湧《わ》いてくる。

あの、指に摑《つか》まって達した瞬間を思い出す。

「……あっ、あっ」

「……雪見、気持ちいいか？」

「や、あ…っ、あ……ぅんっ……」

「可愛い……可愛いな、雪見」

頭を振ったところで、痴態《ちたい》を見せつけていては説得力がない。

なんだか体がぬるぬるしてきた。手のひらサイズの自分の体液がこんなに出るはずがないから、これはあれか、伏木野の先走りか。

最悪だ。そう思ってみても、ぽろぽろ零れる物欲しげな声色《こわいろ》に変わりはない。

不快なはずなのに、熱は引こうとしなかった。それどころか、伏木野が自分を求めて欲望を滾《たぎ》らせているかと思うと、体の芯《しん》でもきゅうっと捩《よじ》れたみたいに、雪見は身をくねらせて目の前のソレに一層《いっそう》しがみついてしまう。

「やっ、やぁっ……」

嫌だ嫌だと甘えた声で繰《く》り返《かえ》しながら、いつの間にか自《みずか》ら体を揺らしていた。

気持ちが昂ぶる。ぴったりと肌を密着《みっちゃく》させ、感じてならない場所を伏木野に擦りつけ、胸のあまり意識したこともない小さな粒《つぶ》まで擦り立てて快楽を追う。

「……きのっ、伏木野…ぉっ」

雷《かみなり》でも落ちたみたいにその瞬間は訪《おとず》れた。

クる、と思ったときには雪見は激しい射精感に身を震わせていた。全身を大きく揺さぶり、張り詰めた性器を揉《も》みくちゃにしながら吐精《とせい》する。

「雪見……」

頭上からは、荒い息遣《いきづか》いと狂おしげな声が注《そそ》がれていた。

「あ……」

弛緩《しかん》していく雪見は、摑まり切れずにずるりと伏木野から離れる。ジーンズの縁《ふち》や腿《もも》に留まることさえできず、斜面《しゃめん》でも滑降《かっこう》するみたいに木製の椅子の座面までずり落ちる。

「……ふ、伏木野？」

自分だけイってしまった。

伏木野は一人で後処理してるのだろうか。

そんな間の抜けた疑問を陶然《とうぜん》としたままの頭で覚え、男の股《また》の間にへたり込んだまま雪見は空《くう》を仰ぐ。

その瞬間だった。

「うわ……」

ぼたぼたと頭上から多量の重たいものが雪見を襲った。生クリームのように派手に注がれた精液に、雪見は『うわぁっ』となって両手をバタつかせる。

エロティシズムを通り越し、突然見舞われたのは命の危機だ。

溺《おぼ》れる!!

――そう思ったところで、目が覚めた。


「…………ヘンタイだ」

目覚めての第一声は、ぽろりと無意識のうちに零していた。

雪見は寝入ったときと同じく、仕事机の椅子のヘッドレストに頭を預けていて、ぱちりと目蓋を起こせば視界に映ったのは見慣れた天井だった。

明瞭《めいりょう》に感覚として体に残っている夢に、軽く肩を上下させ、息を喘《あえ》がせる。

紛《まご》うことなき変態だ。ケーキに落ちて溺れたのはまだ可愛げもあったけれど、精液で溺れるってなんだ。

冷や汗を覚えつつ、乾いた顔を思わず確かめるように雪見は右手で撫で下ろす。

自分はこんな夢を見るほど欲求不満なのか。

「そんな……」

軽くショックだ。

脱力感に見舞われながら、『待てよ』と思った。

夢の中の自分は手のひらサイズ。懐かしくもある大きさになって、伏木野の手のひらに乗ったり机を走ったり。しまいには、みだりがわしい状況に陥《おちい》り、溺れかけて目を覚ました。

今のは果たしてただの夢なのか。以前と同じく、伏木野と夢を共有している可能性はないのか。

自分が好んでこんな夢を見るはずがない。ずかずかと人の夢に押し入ってきて、やりたい放題。身も蓋《ふた》もない内容を思えば、まさに伏木野の願望と考えたほうがしっくりくる。

理由づけをするうちに、推測は決定事項となり、結論は雪見を奮《ふる》い立《た》たせて椅子から立ち上がらせた。

「……伏木野の奴！」

怒りに背中を押されるまま、雪見は部屋を出た。

ちょっとのつもりのうたた寝は、気づけば一時間以上に及んでいたらしい。家を出る前に確認した時計は、午後八時になろうとしていた。

暮れなずむ夏の空もすっかり日が落ち、ぼんやりとした西の空の赤みだけが、日没《にちぼつ》からまだ間もないのを示している。

電車に揺られ、宵の口の路地を帰宅する人々に交じって急ぎ足で歩き——

「またかよ」

伏木野の家に辿《たど》り着《つ》いた雪見は、開口一番またもやぼやく羽目になった。

留守だ。反応はなく、作業場も二階の部屋も明かりは点《つ》いていない。

「俺に会えないほど忙しいんじゃなかったのかよ」

ついさっきまで、うたた寝で自分と夢を共有していたのではないのか。

そうだ。すでに眠ってしまっているのであれば、反応がないのも家が真っ暗なのも納得できる。

雪見はこないだのように窓から侵入を試《こころ》みることにした。けれど、家の脇に回ってみれば、あのとき入り込めた窓はしっかりと閉ざされ、ご丁寧《ていねい》に鍵までかかっている。

「伏木野の奴……無用心じゃないじゃないか」

どうしたものか、と頭を悩ませれば、するりと足元をなにかが過《よ》ぎった。

「ん？　なんだ、おまえもまた入りたいのか？　残念だな、今日は閉まってて……」

太っちょのノラ猫は雪見を一瞥《いちべつ》しただけで、窓を確かめることもなく、するすると家の脇を奥へと向かう。そのまま塀《へい》に登って隣の民家の敷地に潜り込むのかと思いきや、猫が消えたのは伏木野の家の壁の向こうだった。

角を曲がったのではない。雪見の目に狂いがなければ、家の中に消えたのだ。

「なっ……」

驚いて近づく。まさにファンタジック。夢以上に夢みたいな出来事に、猫が消えた部分に触れてみると数枚の羽目板《はめいた》が外れ加減でクルクル回る。これではノラ猫のための出入り口が備《そな》わっているも同然だ。

「おまえ、結構使える猫だな」

中を覗けば、ふふんと鼻歌でも歌いそうな調子で、猫は座っていた。巻いた尻尾《しっぽ》が、自慢げに揺れている。

メキメキといよいよ外れそうな音を立てながら、雪見も羽目板の穴を潜って作業場に忍び込んだ。

こんなところに隠し扉ができていたとは。出たのは作業机の下だった。

「伏木野、本当はいるんだろ？」

手探りで明かりを点け、家の奥に呼びかける。返事はない。そのまま台所も二階も上がって確認してみたけれど、伏木野はどこにもいなかった。

「……なんだよ」

いない。

やっぱり、あれは自分ただ一人の夢なのか。

あの下品極《げひんきわ》まりない夢が、自分の潜在《せんざい》意識が映し出したものであるかもしれない事実よりも、一人きりで見た夢かもしれないことのほうが不思議とショックが大きい。

作業場の真ん中に雪見は立ち尽くす。

べつに普通の話だ。夢は元来《がんらい》一人で見るものだ。自分による、自分のための、自分だけの夢。

どうしてそれに自分は……一抹《いちまつ》の寂しさを覚えたりするのだろう。

どのくらいそうしていたのか。トンっと響いた軽い音に、雪見は背後を振り返る。我がもの顔の猫が机に飛び乗っており、その視線の先に置かれているものに雪見ははっとなった。

完成したドールハウスだ。骨格《こっかく》がボードで作られているとは思えない質感。まるで百年も前からこの姿で存在していたかのような、年月を感じさせる白壁と木枠《きわく》の建物は教会だった。

「……チャペル」

バロックでもロココでもない、小さな教会はけして荘厳《そうごん》ではないが、無数に嵌《は》め込《こ》まれた飾り窓は秀逸《しゅういつ》だ。小さな窓の一つ一つがステンドグラスを模《も》しており、図柄の十字の黄色をその白い床に映している。

美しい教会の姿に、見る者は皆感嘆《かんたん》の息をつきそうだったが、雪見が漏《も》らしたのはそれとは違う溜め息だった。

「なんだ、作る気がなかったんじゃないのか」

このところ忙しいと言っていたのは、どうやら未亡人のチャペルを作るためだったらしい。

やはり、菓子パンに絆《ほだ》されたか。

あの後、彼女はまたここを訪《たず》ねたのかもしれない。『こないだのハニーハニーはどうでしたか？』に始まり、『いつもどおり美味《おい》しかった』とか『もっと焼いてきてくれ』なんて食い気で話も弾《はず》むうち、つまりそういうことになったのかもしれない。

『今度、お礼にあなたのためにチャペルを作らせてください』

——なんてことにだ。

罪深いのは菓子パンの魅力なのかもしれないが、あながち外れてもいなさそうな単純思考の男に苛立《いらだ》つ。

二度目の溜め息をつきかけた雪見は、目を凝《こ》らしてハウスに顔を近づけてみる。

「あれ、この庭……」

不思議な質感と色合いの白い敷石だった。表面は平らではなく、なだらかに丸く盛り上がっており、長ひょろい楕円《だえん》の形をしている。

これは、もしかして白いゼリービーンズではないのか。切っているのか埋《う》め込《こ》んでいるのか判らないが、どうしてゼリービーンズなんかを材料に——

「……わっ」

雪見は飛び上がりそうになった。突然眼前に突き出された毛むくじゃらの足に驚く。

ダンっ。勢いよく教会の庭を襲ったのは、茶色いシマシマの猫の手だ。

「バカっ、おまえっ！」

なにを思ったか、脇から一撃。見事なクリーンヒット。食べ物ゆえに匂いでもするのか、さらなる攻撃を仕掛ける猫を雪見は慌てて取り押さえようとする。

「ちょっ、待て待て待てっっ!!」

まさか、夢から覚めても猫と乱闘《らんとう》に陥るとはだ。

「やめろ、バカっ……」

大きさではもう負けていない。負けるはずがない。それに、チャペルだろうがなんだろうが、自分の目の前で伏木野のハウスを破壊させるわけにはいかない。

自然と芽生《めば》えた守りたい気持ち。壊滅《かいめつ》的な状態に陥った夢でのハウスや模型が頭を過ぎる。

けして、油断したつもりはなかった。

「……痛っ!」

やってしまったという感じだった。猫の背の辺りを押さえ込もうとした途端、繰《く》り出《だ》された右フック。鋭《するど》い凶器を備えた猫パンチに、痛みを覚えて手の甲《こう》を見れば、ぶわりと血が浮き上がってくる。

床に降り立った猫は知らぬ存ぜぬの顔だ。自らの行いを誤魔化すように、弛《たる》んだ腹の毛繕《けづくろ》いを始めたりしている。

夢の中でさえ負わずにすんだ負傷を、この期《ご》に及んでするとは思いもしなかった。

呆然となる雪見は、がらっと響いた音にそちらに目を向けた。

入ってきたのは、白いシャツに黒いスラックス姿の伏木野だ。ノーネクタイだが、普段からはかけ離れた身なりの男は驚き顔で自分を見る。

「……雪見？」

「あ……」

「どうしたんだ、変な顔して……雪見、おまえそれっ！」

まだ頭が回らないでいる雪見の手に、訝《いぶか》る男は目を留めた。

ぱっと飛びつくみたいに寄ってくる。その勢いにびっくりした足元の猫は、事の責任も取らずにぴゃっと戸口から飛び出していった。

「猫にやられたのか⁉」

「ああ……でも、大したことない。それより、おまえのハウスが……」

説明を始めた雪見は『うわっ』となった。

手を取られたかと思うと、伏木野の体温をぬるりと感じた。

血の浮いた甲に、男はぺろりと舌を這《は》わせる。

「えっと、ハ……ハウスが、建物は無事だけど庭が少し傷ついて……」

どうでもいいのか。話の続きには無反応で傷ついた手を舐《な》め続ける男に、雪見は戸惑いを隠せない。どきどきと鳴り始めた心臓は鼓動を早めるばかりで、切羽《せっぱ》詰まった気分で言う。

「……こ、この家には消毒薬も絆創膏《ばんそうこう》もないのか？」

「あ……そ、そうか」

言われて初めて気づいたらしい。伏木野は『ちょっと待ってろ』と、家の奥へ急いでいった。

「……気持ち悪いことしやがって」

残された雪見は呟いてみたものの、言うほど不快でもなかった。

手の甲には男の舌の感触と温度が残っている。でも、困ったことに嫌じゃない。

戻ってきた伏木野は雪見を椅子に座らせ、消毒を始めた。うろたえまくって手を舐め始めたときと同様、黙々《もくもく》と手当てを施《ほどこ》す男の姿に、散々《さんざん》な気分の雪見の心もなだらかになっていく。

悔しいけれど、自分はこの男に会いたくてここに来てしまったのだと思った。

夢だって、伏木野は一緒に見ていないのは最初から判っていた気もする。

無骨《ぶこつ》で少し荒れた手が絆創膏を貼りつけるのを見ていると、自分の思いどおりになに一つならなくとも、伏木野の想いが今どこに向かっていようと、受け止めてやりたい気持ちになる。

「伏木野……ハウスの庭はちょっと修理すれば直ると思う」

「あ？　ああ……」

「いいチャペルができたじゃないか。あれならきっと、あの人も喜んでくれる」

ふっと笑うと、首を捻《ひね》るみたいな声が返ってきた。

「あの人？」

「名前なんだったかな……ああ、森野《もりの》さんだ。彼女の依頼のハウスを作ってあげたんだろう？

できたのを知らせにでも行ってたのか？」

「森野……ああ、パン屋の人か。なんの話だ。今日は個展会場に顔を出してたんだ。それから、帰りに指輪を買おうと思って人に教えてもらった店に寄ったんだが、サイズが判らなくて」

「……ゆ、指輪？」

なんの話だと言いつつ、指輪なんて意味深《いみしん》過ぎるアイテムを口にする男に雪見は焦《あせ》る。

まさかやっぱり未亡人に……なんて、考えは次の一言で吹き飛ばされた。

「おまえ、指輪のサイズはいくつだ？」

「は？」

「判らないと、指輪は買えないらしい。チャペルも完成したし、おまえに連絡しようと思ってたんだが、まさかおまえのほうから来てくれるなんて思わなかった」

「…………はあ？」

雪見の頭には、いくつものクエスチョンマークが躍《おど》った。

「ま…待て、順を追って俺にも判るように説明しろ」

そう口にしたのは当然の流れに違いない。けれど、伏木野は消毒液やら絆創膏の箱を片づける手を止め、きょとんとした反応を見せた。

「雪見、おまえが言ったんだろう。うちに来たとき、ちゃんと手順を踏まえろって。どうすべきかは自分で考えろって」

「それは言ったけど……」

「俺はおまえが好きだ。付き合いたい。会いたいし、おまえとやりたい……だから、結婚してくれ」

「……はぁ⁉」

クエスチョンマークの隣に、エクスクラメーションマークまで加わった。

ラーメン屋もホテルディナーもすっ飛ばし、まさかのプロポーズ。つくづく常識の通用しない変な男だとは思っていたが、まさかここまでだなんて想定の範囲外だ。

それに——まだ天然バカを装《よそお》っている疑惑も無きにしも非《あら》ず。

「なに言ってるんだ、おまえ。ちょ…調子のいいこと言うな、こないだは俺を無視したくせに。せっかく来たってのに、知らん顔して、追い払って、美味《うま》そうにパン食ってたじゃないか！」

「……パン？」

「そこは重要じゃない！」

雪見は思わず興奮して立ち上がった。

もっと前のほうまでちゃんと把握《はあく》しろと睨みつけると、伏木野は困惑顔で応《こた》えた。

「せっかくって……おまえ近所に用があったついでに寄っただけだって、そう言ったじゃないか」

「この近所に用なんかあるわけないだろ！」

「じゃあ、なんだ……おまえ、俺にわざわざ会いに来たのか？」

問い詰めるつもりが、逆に問い詰められてしまった。

雪見は不貞腐《ふてくさ》れたような声で返す。

「……そうだ」

しばし間を置き、伏木野は頭を掻《か》き始《はじ》めた。

「だったら、なんでそう言わないんだ？」

「知るかそんなこと、自分で考えろ！」

こればかりは、伏木野の意見も正しいかもしれない。

「おまえの気持ちは判《わか》り難《にく》い。こないだもそんな風に言われたから、俺は自分なりに考えてみたつもりなんだが……ハウスを作るのに夢中で悪かった。早く作って、おまえにプロポーズしたかったんだ」

「なんでチャペルのハウスを……」

改めて机のチャペルのほうを見た雪見は、そこに籠《こ》められた短絡《たんらく》かつ恥ずかしい事実に気がつく。

結婚イコール教会。ゼリービーンズはもしや二人の思い出の品ってわけか。言われてみれば、ステンドグラスの床に映し出される光の具合も、あの美術館の万華鏡《まんげきょう》みたいな天窓《てんまど》の効果に似ていなくもない。

顔にそぐわない、伏木野の意外な一面を知ってしまった。

「おまえ……結構、ロマンティストだろう？」

「ロマンティスト？」

「自覚がないならいい」

こっちのほうが恥ずかしくて、顔が赤らんでくる。

伏木野はまるで怯《ひる》むことなく、堂々と言い放った。

「雪見、俺と結婚してくれるか？」

男らしくも力強いプロポーズだ。こんな無茶苦茶《むちゃくちゃ》なタイミングでなければ、雪見も感動したかもしれない。

しかしながら、間髪《かんはつ》入《い》れずに応えた。

「嫌だ」

「なにが気に入らない？」

「だから、順番が違うんだって！　そういうのは、もっといろいろ確かめ合ってからだろう。その……いろんな相性、とか……体も含めてさ」

ごにょごにょと声が小さくなりつつも告げる。

「だが、おまえが言ったんじゃないか。それには早過ぎるって、俺はおまえは結婚までそういうことはしたくない、身持ちの硬い奴なのかと思って……」

「間を飛ばし過ぎなんだよ、なんで結婚なんだ。もう少し常識を弁《わきま》えろ。だいたい男同士だぞ。それにおまえ、自分のデカブツ判ってんのか？　あんなもの、そう易々《やすやす》と受け入れられないに決まってんだろ」

こうなったら皆まではっきり言ってやるとヤケクソ気味に告げると、伏木野にとっては予想外の指摘だったらしくその表情に乏《とぼ》しい眸《ひとみ》を見開かせた。

まさかの返事がくる。

「けど、女は気持ちいいって言ってたぞ」

「お……おまえ、女とやったのか⁉」

「昔の話だ。俺としたいって言うから」

「おまえは誘われれば誰とでもするのか⁉」

呆れて声も裏返った。

「お、おまえがそんなだからな、俺は今一つ信用できないんだよ。おまえにデリカシーがあるのはハウスだけだ！　ほんっと、なにからなにまで動物以下の思考回路じゃないかよ。結婚とか調子のいいこと言って、結局やりたいだけだろ？　俺は騙《だま》されないぞ、ああ絶対騙されないからな、そんなにやりたいなら犬猫とでも……」

ぎゃんぎゃんと喚《わめ》いていると、ふわっと体が宙に浮いた。

「なっ、なにするんだよ！」

腰に腕を回し、伏木野は楽々《らくらく》と抱え上げてきた。

おんぶでも姫抱っこでもない。くの字に荷物のように肩へと担《かつ》ぎ上《あ》げた男は、騒ぐ暴れるの雪見に構うことなく、のしのしと家の奥に向かい始める。

十五センチ以下にならずとも、伏木野の非凡《ひぼん》な体力の前では雪見など子供同然の扱い。階段も楽に上りきり、寝床にしている和室の明かりを点《つ》けるや否《いな》や、端《はし》に畳《たた》んでいた布団《ふとん》を足と空《あ》いた手を使って広げる。

「おいっ、なに始めるつもりだ!?」

「もう話はいい、判った」

「なにがっ、なにが判ったっていうんだよ！」

「全部だ」

「全部って……おまっ、俺は『うん』なんて言ってない！　同意なんてしてない！　嫌だって言ってんだぞ!!」

乱雑に広げられた敷布団は、畳に対して斜《なな》めに傾《かし》いでいたけれど、そんなことには構わず伏木野は雪見を布団へと下ろした。

布団の歪《ゆが》みなど、雪見も気づく余裕はない。

それどころじゃない。貞操《ていそう》の危機だ。

「バカやめろっ！　ヘンタイっ、この強姦魔《ごうかんま》っ!!」

言葉遣《ことばづか》いにも構っていられず、子供じみた情けない抵抗の言葉を吐く。

「そんなにやりたいなら、女でも探せばいいだろっ！　おまえなら、どうせすぐ見つかるんだろっ！」

なんだか涙でも滲《にじ》んできそうな声で叫んだ。

自分は悔しいのだろうか。

なにが？　いつも伏木野ばかりが労《ろう》せずして女性に好かれていることか？

低い声が降ってくる。

「おまえが嫌なら、俺は誰ともしない」

「おっ、俺は嫌なんて言ってない。やりたきゃ勝手にしろって……」

「やりたくない。雪見、俺が欲しいのはおまえだけだ」

荒ぐこともない男の声は、ささくれ立つ気持ちを宥《なだ》めるように静かに重く響いた。

雪見は男を見上げる。

「……………それ、本当か？」

言葉にしてみて判る。自分はなにに腹を立て、機嫌を損《そこ》ねて大騒ぎしているのかを思い知らされる。

「ああ、本当だ」

拗《す》ねて口でも尖《とが》らせていたのだろうか。身を傾げた男は、ちょんと軽くその唇を雪見の唇に押し合わせた。

「雪見、抱きたい」

「そ、それは……」

「ちゃんとするから、おまえがいいって言うまでちゃんと慣らすから。な、暴れるな」

今度は額《ひたい》に下りてきた唇に、まるで子供扱いだと思う。その一方で伏木野の覚束《おぼつか》ない誘い文句に、自分の心が素直に喜んでいるのも感じた。

伏木野のくせに。

伏木野を前にすると、どうしてこんな風に感情が昂ぶるのだろう。何故《なぜ》、冷静さを失って自分は子供みたいになってしまうのか。

伏木野にあって、ほかの相手にはないもの。

簡単だ。それは、お互いへの気持ちにほかならない。

「雪見……」

布団の上の雪見が大人しくすれば、そろそろとした手つきで伏木野は触れてきた。

シャツのボタンを順に外され、脱がされる。

変なセックスの始まりだった。一応雪見も男であるから受け身なのも違和感だが、まるで実験台にでもいるみたいだ。シャツの後は、つるりとズボンを下ろされ、一緒くたに脱がされた下着に雪見は『ひゃっ』と変な声を上げそうになる。

いきなり丸裸か。

手順がやっぱり滅茶苦茶《めちゃくちゃ》だ。抱き合いながら、服を一枚一枚もったいぶって剝《は》いでいくのもセックスの醍醐味《だいごみ》。男のロマンだったりするのに、この男ときたら『ヤるとなったらヤる』ってな具合で、まったくもって情緒《じょうちょ》がない。

そのくせ、触る手つきは酷《ひど》くいやらしい。

伏木野は質感でも確かめるみたいに雪見の肌を撫《な》で擦《さす》る。

「ちょっ……お、おまえ服は？　おまえは脱がないのか？」

「俺はいい、後で」

「俺がよくないんだよ、おまえも……」

「いいから、黙ってろ」

全然よくない。こんな明かりの元で自分だけなんて、恥ずかしいにもほどがある。

けれど、伏木野の勢いに押されまくりだった。大きな手のひらはやけにゆったりと体の上を行《ゆ》き交《か》い、その妙に慎重な動きに雪見はじっと横たわってしまう。

胸元を手のひらが掠め、ひくっと喉《のど》を鳴らせた。指が小さな異物に引っかかる。面白いものでも見つけたみたいに、男は胸の二つの粒を弄《いじ》り始めた。

くにくにと粘土《ねんど》みたいに捏《こ》ねたり引っ張ったり。

「ふし、伏木…野っ……」

「……なんか、硬くなってきた」

「そ、それはおまえが変な触り方、するから……ちょっ、あっ……」

ちゅくっと吸いつかれて狼狽《うろた》える。さあっと色でも刷《は》かれたみたいに、雪見の肌は薄紅色《うすべにいろ》に染まっていった。濡れた舌に淫《みだ》らな意図《いと》をもって舐め上げられれば、衣服で覆《おお》い隠《かく》されていない中心が、快楽を訴え始める。

「あ……」

するすると肌を下りていく唇を、否応なしに意識した。その先で切なく疼《うず》き始めているものが、一層熱を帯《お》びて形を変える。

浅く窪《くぼ》んだヘソに、早まる呼吸に合わせて上下を繰り返す下腹。淡い下生《したば》えのすぐ脇を、男の唇は這い進み、腿《もも》の付け根を尖らせた舌先で探るみたいになぞられ、雪見はびくびくと体を弾ませる。

伏木野はどこまでも唇を走らせた。腿も脹脛《ふくらはぎ》も、普通は触れないであろう爪先《つまさき》も。けれど、肝心《かんじん》の場所に触れることはない。

まさか視界に入らないわけはないだろう。張り詰めて頭を擡《もた》げたものは、伏木野に気づいてほしいとばかりに存在を主張している。

「あっ……」

切なくて堪らない。際《きわ》どいところを何度も避けて通る男の唇に、雪見はとうとう焦《じ》れたねだり声を上げた。

「な、そこ……そこもっ……」

「ここか？」

「ちがっ、も……そっちもっ、してくれよぉ」

言いながら、腰を突き上げるみたいに揺らしてしまう。つるりとした鈴口《すずぐち》の中心から、先走りの雫《しずく》が浮き上がっては零れる。

扇情的《せんじょうてき》な光景に、伏木野がごくっと鳴らした喉の音にさえ感じてしまいそうになる。

「触っていいのか？」

「ん、うん……うん…っ……」

早く。そう急いた気持ちで求めながらも、雪見は驚いて腰を弾ませた。

「あ……」

伏木野の唇に飲み込まれる。自分のそれが、尖端《せんたん》からすっぽりと口腔《こうこう》に含まれていく。

硬く勃起した性器を、生暖かな粘膜《ねんまく》で包まれて愛撫《あいぶ》される悦《よろこ》びに、雪見は日頃からは考えられない甘たるい声を漏らした。

「……んっ、あ…んっ……」

畳むように抱えられた両足。まるきり無防備に伏木野の前にすべてを晒《さら》している状況もよく判らないまま、浮き上がった腰を揺らめかせる。

僅かばかり覚えた抵抗も、快感に抗《あらが》えるほどではない。そろりと腰の奥のほうまで撫で始めた指にも意識を向けられず、すぐ傍に迫ってきた射精感を追う。

「あっ、も……もうっ……」

「……もう、なんだ？」

「ん、もっ……いく……」

浅い谷間を探る男の指は、すぐに目的の場所を見つけ出した。乾いた窪みをゆったりと撫で擦る指の腹に、雪見はようやく違和感を覚える。

「や、そ……そこはっ……」

「……なんでだ？　イキそうに気持ちいい…んだろう？」

唇から零れた雪見の性器に、伏木野はぞろりと舌を這わせながらくぐもる声を発した。

「けど、後ろ…っ……」

細身の幹や根元を幾度《いくど》か啄ばまれる。マイペースの男が唇を移した先に、雪見は羞恥《しゅうち》に身を捩《よじ》りたてた。

躊躇《ためら》いもなく押し当てられた唇。きゅっと口を硬く閉ざそうとする窪みを、割り広げるような動きで口づけられ、舌先でちろちろと擽《くすぐ》られる。

「…きの、伏木野っ……や、ぁっ」

今、世界中で自分ほど辱《はずか》しめに遭《あ》っている男もいないのではないかと思う。昔からよく知る人間に、尻の穴を慣らされている。それも、情けない具合に股《また》を開いて、変態チックな舌遣いで舐められているのだ。

「ひぁ…うっ……」

ぬるっと押し込まれた舌に、雪見は悲鳴を上げた。

そのまま抜き差しされて、我慢できずにしゃくり上げる。

「や……やだ、嫌…だ……」

こんなのは普通じゃない。

艶《なま》めかしくくねる厚い舌に犯される。異様な感覚と共に、なにかじわりと体が蕩《とろ》けるみたいな熱が湧き上がってきて、下腹部に重く纏《まと》わりつく。

舌の後に待ち受けていたもっと恥ずかしい行為には、もう息も絶え絶えだった。萎《な》えるどころか、滴るほどに溢れた雪見の先走りを男は指で絡め取り、何度も塗《ぬ》り籠《こ》めるようにそこへと運んだ。

「……っ、ひ…っ、やっ、やめっ……」

「……我慢しろ。なんか滑《すべ》らすものないと、おまえが辛《つら》くなる」

「でもっ……」

「次はちゃんとそういうやつ、用意しとく」

そういうのって、潤滑剤《じゅんかつざい》とかいうやつだろうか。

雪見は使ったことも見たこともない。ローションとかオイルとか、なんとなく想像はつくけれど、伏木野にそれを使って慣らされる自分を想像するとなんだか今より居たたまれない気分になる。

「……や、嫌だ……」

「どうしてだ？　たぶん、具合がいい。よく滑るだろうし……」

「でも、なんかっ……」

そうやって、どんどん伏木野のものにされてしまうのかと思うと堪らない。そんなちょうどいいもの手に入れたら、伏木野は度々自分を求めてくるに決まってる。

今、指ですら抵抗があるところに、何度も何度も伏木野を——

想像しただけで変になる。

「……あ…ぅっ」

ずるっと押し込められた指に、雪見は背筋を仰け反らせた。遠慮がちに入口を解《ほぐ》していた指が、奥まで沈み入ってくる。

「いいか？　痛くないか？」

「や、ん……んっ、あ……ぁっ……」

ポイントでも探すみたいに指は動いた。

繊細《せんさい》なドールハウスを作り続けているとは思えない伏木野の指は、太くて節《ふし》も張っていて、その存在感だけで雪見を戦慄《わなな》かせる。

丸い指先が敏感な粘膜を押し上げた。じわじわと探りながら穿《うが》たれる指。浅いような深いような曖昧《あいまい》なところ、けれど確かにほかとは違う感覚の部分を撫でられ、雪見の体はびくびくと撓《しな》った。

「……ここか?」

雪見は首を振る。

違うと言ったのに、伏木野はそこを責め始める。

「感じるか、雪見?」

「や、嫌だ……」

無意識に男の胸元を突っ張る手を取られた。伏木野にとっては華奢《きゃしゃ》に違いない手を一纏《ひとまと》めに片手で摑まれ、布団の頭上に押しつけられる。

「も、やめっ……」

こんな感覚に慣れてしまうのは怖いと思った。

性器で普通に感じるのとは違う。体の未知の場所から快感が湧き上がってくる。初めての感覚なのに、それは今まで知る快楽など一息に追い越すほどに激しく、雪見を知らないところへ引きずり込もうとする。

「……あ、いや……」

背《そむ》けた顔に温かなものを感じた。こめかみに押し当てられた男の唇は、赤く染まった頬から吐息を零す雪見の唇へと這い下りる。

宥めるキスを繰り返しながら、雪見の中を伏木野は優しく愛撫した。

無骨なその形からは想像もつかない細やかな動きで、官能を引き出していく。

「……あっ、あっ……んっ……」

仰け反る顎の先から喉元へ。ゆるゆるとした動きで唇は這い回り、やがて雪見が突き出すように反らせた胸元まで降りていく。

赤く色づいたままの乳首を柔らかな唇に挟《はさ》まれ、腰の奥の恥ずかしい窄《すぼ》まりを指でじっくりと嬲《なぶ》られて、雪見は小さく啜《すす》り喘《あえ》いだ。

「あっ……い……いい…っ……」

くちゅくちゅと淫らな音がする。触れられないでいる性器は、弛緩《しかん》してあられもなく開いた足の間で、いっぱいに張り詰めて反り立つ。

薄赤い色をした尖端から、とろとろと先走りが溢れた。唇に挟んだ尖った乳首を、ちろちろと舌先で撫でられれば、快感に意識を絡《から》め取《と》られた雪見は腰を卑猥《ひわい》にくねらせた。

「……あ…んっ……」

いつの間にか深いところまで沈んでいた指が、ゆっくりと抜き出される。和らいだ縁《ふち》にかかったのは二本目の指だ。増やされた指の中を拡《ひろ》げる動きに、雪見はこの先に待っているものを思い知らされる。

伏木野の指が深く浅くと動く度《たび》、ずくっと淫らな音が鳴る。突き出すみたいに胸を浮かせて喘ぎ続ける顔を覗き込まれる。

「雪見、気持ちいいか？」

「……あっ、ん……んっ……」

「まだ駄目か？　俺のは無理か？」

「あっ、やっ…も、そんなに動かしたら…っ……」

「痛むのか？」

伏木野は意外に従順《じゅうじゅん》で、心配げな表情を見せた。

動きの止まった指。けれど、伏木野の指の束《たば》を咥《くわ》えた雪見は、まるで甘いお菓子でも味わおうとするみたいに、そこがじわりと奥からくねって蠕動《ぜんどう》するのを感じる。

「雪見、なか……動いてる」

その言葉にさえ反応して、きゅうっと指を食《く》い締《し》めてしまうのが判った。

「あっ、ああっ……」

深い快感が雪見を襲う。とぷりと勢いづいて溢れた先走りに、濡れそぼった性器の割れ目がいやらしく捲《まく》れ、がくがくと腰が揺れた。

散った体液に、伏木野が黒い眸を瞠《みは》らせる。

「おまえ、今……後ろでイキそうになったのか？」

ゆるゆると首を横に振りながらも、言葉で上手《うま》く否定ができない。

「あ…っ、あっ……」

中から侵食《しんしょく》し続ける快感に、雪見は腹を打ちそうに反り返ったままの性器を揺さぶり、ぐっしょりと淡い茂みも下腹も濡らしていく。

「……挿《い》れるぞ」

耳元を熱い息が掠めたと同時に、低い声がそう囁いた。

「いや、だ……あ…ぅっ……」

指が抜け落ちる。手早く衣服を脱いで裸になる男を前に、雪見は往生際《おうじょうぎわ》も悪く嫌だ嫌だと首を振り続ける。

「や、嫌だ、いや……」

「どうしてそんなに嫌なんだ」

伏木野の声はどことなく哀しげに響く。

「俺のはそんなに嫌なのか？　どうしても駄目か？」

「だって、無理だ……大きい…からっ……」

しゃくり上げる声で、情けない本音を告げる。

「あ……」

雪見は取られた手にびくりとなる。導かれてそろりと触れさせられたのは、その問題の男の中心で脈打《みゃくう》っているものだ。

やっぱりデカイ。触れたソレは想像どおりの尋常《じんじょう》ならざる大きさで、触ったからといって恐怖が薄れるものではない。

けれど、なんだか可哀想な感じもした。

自分の体欲しさに興奮して、それでなくとも無駄に大きなものを伏木野が昂ぶらせているかと思うと、健気《けなげ》に思えなくもない。

強張《こわば》るものをそろりと撫でてみた。ぎこちない手つきで擦り、指を絡めてみる。

「ゆ、雪見……」

雪見も男であるから辛いのは判る。手でこのまま導いてやれば、伏木野は少しでも満足できるのかもしれない。

最初はそんなつもりで始めた愛撫だった。

覚束ない動きで手を上下させると、それだけで男の息遣いは変わっていく。

「伏木野……気持ちいい、のか？」

「ああ……おまえの、指…いい」

「手で、いけそ…か？」

「……判らない。だが……おまえが触ってるかと思うと……」

伏木野はなにも隠そうとしなかった。

乱れる息遣いも、その表情も。

「……はぁ、はぁっ」

恥ずかしげもなく、吐息を零す。

同じ男でツボを心得てるはずだからといって、雪見は自分の愛撫が上手だとは思わない。おっかなびっくり。伏木野の屹立《きつりつ》ときたら、大きさだけでなく硬さも剛直《ごうちょく》と表現するにじゅうぶんで、逃げ腰の手つきになる。

それなのに、伏木野は感じると言う。

触れているのが、自分だからというだけで——

雪見は頭上の男を見る。片肘《かたひじ》をついて、傍《そば》に落とされた伏木野の顔は、眉根《まゆね》を寄せて軽く目蓋を閉じている。

普段はへの字に収まってばかりの唇は薄く開いていた。いつもは血の気《け》もなさそうなのに、その奥から漏れる熱を示すように薄赤く色づいている。

見つめていると変な気分になった。男の指に散々慣らされた場所が、失った快楽を取り戻そうとでもいうようにきゅんと疼《うず》く。

「……伏木野、なぁ……」

「……ん？」

「な、伏木野……」

目を閉じたままの男は、軽く体を揺さぶっても気づかない。

「……まど、か」

雪見は名を呼んでみた。

黒い眸が自分を捉《とら》える。

「円、なぁ……も、これ……」

伏木野は『いいのか？』とはもう問わなかった。確認もないまま圧《の》しかかられ、手を離れた熱の塊《かたまり》を宛《あて》がわれる。

間違っていないから、雪見も逆らわない。

けれど、自分から半分は求めたようなものとはいえ、衝撃に変わりはなかった。

「ひぁっ……」

伏木野が入ってくる。大きく張り出した尖端が、綻《ほころ》んだ入口を限界まで割り拡げる。

無意識に肩を押し戻そうとする仕草にも男はもう構わず、熱い凶器は雪見の中へと押し込まれた。先が収まってしまえば少しだけスムーズになったけれど、今度はじわじわと体の中を開かれていく感覚に雪見はどうしたらいいのか判らずに翻弄《ほんろう》される。

昂ぶる感情を制御できない。雪見は、男の広い背中を叩いたり爪を立てたり。最後はずるっと奥まで滑らかに突き込まれ、我慢できずにしゃくり上げていた。

「……はいった」

「……ひ…ぅっ、ぁっ……」

ぶわっと涙が零れる。あの長大なものが自分の中に入り込んでいるかと思うと、信じられない気持ちと、なんだか判らない動揺でぼろぼろと涙がこめかみから布団に向けて伝い落ちていく。

「雪見、泣いて……きついよな。痛い…か？」

「痛く……ない、けどぉっ……」

問われると、さほど痛みは感じていないのに気がついた。

でも、それも麻痺《まひ》しておかしくなっているだけではないのかなどと疑う。

「あっ、まだ、まだ動かさな…っ……」

伏木野が身を起こした。嗚咽《おえつ》に喉をひくつかせ、痙攣《けいれん》するみたいに強張らせている雪見をゆっくりと動かす。

腰が浮き上がった。膝が布団につきそうなほど大きく両足を割られる。取らされたポーズの恥ずかしさを覚えると同時に、低く、けれど明瞭《めいりょう》に男の声は響く。

「大丈夫だ。切れてはなさそうだ」

そんな確認、言葉にされても困る。

「も、いいから……見る、な…よっ…あ……」

現に、『安心しろ』なんて言いながら、次の瞬間には男の眼差しは熱っぽいものに変わる。

「あぁっ……あっ……」

きっと啜り泣く様すら、伏木野を煽《あお》るものでしかないに違いない。しゃくり上げるごとに、中のものがどくどくと脈打つ感じがした。

自分の内を焦《こ》がす、伏木野の熱。その形や温度。ゆったりと始まった抽挿《ちゅうそう》は、それゆえになにからなにまで詳細に雪見に伝えてくる。

覚えられてしまった感じる部分を、ねっとりとした動きで責め立てられて、強張る体から緊張が解けていく。

熱に溶かされる。

「んっ、ん……」

繋《つな》がれた一点に向かう視線。露《あら》わになった部分を視姦《しかん》でもするみたいに見つめながら、伏木野は腰を入れてきた。

そして、狂おしげに言葉にする。

「……雪見、俺のだ」

「伏木野…っ……?」

「俺のだ、おまえ…もうっ、俺のものだ」

繰り返すごとに激しさを増しながら突き上げられ、同時に男の想いの強さを知る。

感情が、言葉でも体でもぶつかってくる。

「……雪見、好きだ」

最後のほうは息遣いでも感じた。雪見の上気《じょうき》した顔を覗いて言葉にした男は、唇を重ね合わせる。

「あ、待っ……」

「待てない」

「バ…カ、俺にもっ……俺にも、ちゃんと言わせろっ」

自由を奪う重い体の下で身じろぎ、塞《ふさ》がれた唇を無理矢理解《ほど》きながら、雪見も言葉にした。

「……俺だって、おまえがっ……好き、なんだから」

「雪見……ほ、本当か？」

「こんっ……こんなときに、嘘言ってどうす…っ…ん、んんっ……」

今度は確実に唇を奪われた。恥ずかしい音を立てるキスと、自分を高めていく初めて知る悦《えつ》楽《らく》。

余計なことを無理してまで言わなければよかった。雪見がそう後悔したのは、互いを貪《むさぼ》るような行為で二人して高みを目指し、欲望を解き放ってからだった。

「結局、おまえはやりたいばっかりじゃないか」

布団の上で、身動き一つできない気分でうつ伏せた雪見は、もう何度目か判らない恨《うら》み言《ごと》を零す。

『好きだ』『俺も』なんて、定番の愛の言葉を交わし合い、滞《とどこお》りなく合体も済ませたりして、仲良く欲求不満は解消。後はまったりと他愛《たわい》もない会話をして過ごす――そのはずだったのに、伏木野ときたらほとんど休憩《きゅうけい》もなしに第二ラウンド。勝手にゴングを鳴らして、サカってきた。

一度で終わろうとせず、二度三度。

デカブツで絶倫《ぜつりん》なんて、この上ない迷惑だ。

「だっておまえ、好きだって言ってくれただろう？」

冷やりとしたものが、背後から頬に押し当てられる。グラスに入った麦茶だ。喉《のど》が渇《かわ》いたと言ったら、階下に取りに行ってくれた。

雪見はあえて礼は言わずに受け取る。

「好きって言ったら、何度でもやっていいことになるのか？　そんなわけあるか」

目下《もっか》、大後悔中だ。好きなんて、伏木野にだけは言うんじゃなかった。

「だが、もう一度やりたかった」

「……俺は安い定食屋じゃない」

今時、気前のいい大衆《たいしゅう》向け食堂だってそう何度もオカワリを許すもんか。

布団の脇に腰を下ろして胡坐《あぐら》をかいた伏木野は、なんのことやら意味が判らず首を捻ってい
る。

両肘をついて上半身の一部だけを起こした雪見は、寝そべったまま麦茶を飲み始めた。

「まったく、サカリのついた高校生か、おまえは」

「おまえとしたかった」

悪びれた様子もなく伏木野は言う。

それはさぞかし大満足だったろうと、ちょっとばかり捻くれた思いで傍《かたわ》らの顔を見上げると、ぼそりとした声で話は続いた。

「けど、結婚もしたい。べつにやりたいだけでプロポーズしたわけじゃない。あれから、目が覚めてからもずっと……おまえと見た夢のことばかり考えてた。おまえがあの夢みたいに、この家にずっといてくれたら嬉しい」

「おまえ、本気で……」

「俺と家族になってほしい」

今度はタイミングを間違えてなかったのか。その言葉は、真《ま》っ直《す》ぐに雪見の心に届いた。

同じだった。伏木野もまた、自分と同じようにあの夢の記憶を現実であったかのように忘れずにいた。

そして、目の前の男の強面《こわもて》顔からは想像がつかないけれど、もしかしたら伏木野は家族に憧《あこが》

れがあるのかもしれない。

夢で聞いた話、後から本当だったとも知らされた幼少時代の話を雪見は思い出す。

「で、でも、そんなに簡単にはいかないだろ。俺にだって仕事はあるし……」

「俺はおまえの作品作りの邪魔をするつもりはない。作業場が一緒だとやり難《にく》いってんなら、他の部屋をおまえの仕事部屋にする」

「伏木野、おまえ……」

雪見は大学を卒業し、模型制作会社に就職してからというもの、独立するに至っても自分の模型を一度も作品だと感じたことはない。ただ依頼に応じて作っている商品に過ぎない。

でも伏木野はそれを作品だと言う。

あの頃、大学で作ったドールハウスがそうであったように。

自分は大切に思われている。そんな気がした。

雪見はグラスを枕元に置き、身を起こす。じっと自分の行動を見守る男に、真摯《しんし》な思いで言葉にした。

「……結婚は無理だろ。おまえ、日本の法律知らないのか。おまえとは同居するだけだ」

「俺と暮らしてくれるのか？」

でも、照れるのだけはどうしようもない。つい曖昧《あいまい》に濁《にご》しそうになる。

「まぁ……そういうことになるのかも。そうだ、おまえ……あの人にも時間見つけて教会作ってやれよ。チャペル、ずっと欲しがってるんだろう」

「チャペル？　ああ、パン屋の人の話か……でもおまえ、さっきなんか機嫌悪そうにしてなかったか？」

「それとこれは話がべつだ」

あれが自分のためだと判ったのは嬉しいけれど、そうなればなったで妙な罪悪感を覚える。伏木野のハウスを切実に求めている人間もいるのに、棚から牡丹餅《ぼたもち》みたいに贈られたんじゃ落ち着かない。

「よく判らないが……判った」

まるで判ってないに違いない返事に、雪見は可笑《おか》しくなってふっと笑った。

途端《とたん》に伏木野の顔が近づいてくる。落とされた軽いキスに、ちょっとばかり驚いて目を瞬《しばた》かせると、仏頂面《ぶっちょうづら》して案外ロマンティストであると判明した男は言った。

「おまえの笑った顔、好きだ」

そう言って、真一文字《まいちもんじ》に結んだ唇でニッと笑ってみせる。

「おまえの笑い顔は……怖い」

正直に返すと、男の眉はちょっと下がり加減になる。仕方ないので、雪見は足りない言葉も続けた。

「でも、嫌いじゃないよ」

好きという言葉を使わなくとも同じ意味らしい。伏木野を喜ばせてしまったのは、また布団に転がされてから知ることになった。

あとがき

砂原糖子

皆さま、こんにちは。はじめましての方には、はじめまして。

ディアプラスの色モノ部門入りも目指しております、砂原《すなはら》糖子《とうこ》です。

ピュアなイメージのディアプラスにおいて（担当さんは「そんなつもりはない！」とおっしゃっていますが）私はエロいほうかなぁと思い、以前文庫の後書きで「エロ部門作家」などと言ってみましたところ、どうやら担当さんの琴線《きんせん》に激しく触れてしまったようで、それ以来やけにプッシュしてくださいます。新書館さんのカタログでは「エロ担当」だったのですが、先日の雑誌の予告では「エロ番長」に昇格《しょうかく》。そ、そんな、まだエロ部門（そんなものはありません）の隅《すみ》っこにいるだけなのに。「じゃあほかに誰がいるの？」と訊《き》かれても困りますが……一緒にエロ部門（そんなものは本当にありません）に参加してくださる作家さん募集中☆

それはさておき、久しぶりのディアプラス文庫です。

なのにアホです。色モノです。平たく言うと、そんな感じです。

なにか大きな川を渡ってしまいました。それでなくともアホな内容なのに、続篇でアホエロ度を無駄《むだ》にアップ。いや、サイズが普通になったからといって、そこで終わってはつまらないかもなんて……BL的には十五センチになったらもう乗っかるしかない！　と思ったんですが、

「そんなサービスいらんかった！」という方がいらっしゃいましたらすみません。でも最初から乗っかるしか……と思っていたのに、どうして本篇では書かなかったんだろう……さすがに「初めて」でそれはないと思ったんでしょうか。そして続篇ならありだと、箍《たが》が外れてしまったんでしょうか。結局、楽しんで書いたのには間違いありません。

雪見《ゆきみ》の名前は、何故《なぜ》か某《ぼう》大福型アイスからです。普段は名前を決めるのに時間がかかるのに、ふっと「アイス食いたい」とかそんな思考が過《よ》ぎっただけで決まってしまいました。伏木野《ふしきの》は山伏《やまぶし》です。常人離れした人のイメージです。たまに書くタイプのキャラなのですが、さらに変人寄り……変な受だけでなく、変な攻もマイツボに嵌《は》まると気がつきちょっと驚いています。萌《も》えが変わるのか新たな芽生《めば》えなのか、何年書かせていただいても意外な発見があります。

最近、それとはちょっと違いますが、胸キュンについての新たな発見もありました。

胸キュン。読書中にこれを感じると嬉しい気分になるのですが、先日なんの弾《はず》みにか迷い込んだＱ＆Ａサイトの恋愛相談で、「好きな人を見ると胸がキュンとする」と書いてあるのを見かけ、軽く衝撃でした。

ええっ、胸キュンとは現実の恋愛でも起こるものだったのか！

私もいい年なので恋愛経験はありますが、そんなリアルに胸キュンした記憶はない！　正直、本でしか感じないものだと思ってました。こ、これはオタクだから⁉　でも、あの痛みは相当なもんです。べつに殴《なぐ》られたわけでも刺《さ》されたわけでもないのに、そこまで現実で胸が痛くなるなんて……それは病気では？

まさか自分が胸キュン童貞《どうてい》だったとは。今更抜け出せるとも思えないので、こうなったら童貞力で頑張《がんば》ります！（担当さん、これをキャッチコピーにするのは勘弁《かんべん》してください）

ちなみに、私は本を読んで胸キュンすると、胸というより鳩尾《みぞおち》の辺りが痛くなるのですが、人によって場所が違うらしいです。そもそも、この痛みはなにがどう作用して引き起こしてるのでしょう？　人体の不思議、胸キュン。今後も追いかけて行きたいと思います。

さて、今回もたくさんの方にお世話になりました。この本に関わってくださった皆様、ありがとうございます。フリーダムな中身で申し訳ない気持ちも多々……なのですが、続篇も南野《みなみの》先生のイラスト楽しみにしています。可愛い雪見や、仏頂面《ぶっちょうづら》でも魅力的な伏木野を描いていただき、雑誌でもドキドキでした。南野先生のイラストだからこの内容でも許してもらえてる気が……本当にすみません。そしてありがとうございます！　密《ひそ》かに猫も楽しみです。

ここまで読んでくださった皆様、本当にありがとうございます。万が一、この本が初めて……という方がいらっしゃいましたら、「まともな話もたまに書いてます」と言い訳を。

とにもかくにも、読んでいただけてとても嬉しいです。

優しい皆様に、現実でも夢でもいいことがたくさんありますように！

二〇〇九年五月　砂原糖子。

D E A R + N O V E L

15センチメートル未満の恋《15センチメートルみまんのこい》

この本を読んでのご意見、ご感想などをお寄せください。
砂原糖子先生・南野ましろ先生へのはげましのおたよりもお待ちしております。
〒113-0024　東京都文京区西片2-19-18　新書館
[編集部へのご意見・ご感想] ディアプラス編集部「15センチメートル未満の恋」係
[先生方へのおたより] ディアプラス編集部気付　○○先生

初　出
15センチメートル未満の恋：小説DEAR＋08年ナツ号（Vol.30）
1/1スケールの恋：書き下ろし

新書館ディアプラス文庫

著者：**砂原糖子** [すなはら・とうこ]
初版発行：**2009年 6月25日**

発行所：**株式会社新書館**
[編集] 〒113-0024　東京都文京区西片 2-19-18　電話(03)3811-2631
[営業] 〒174-0043　東京都板橋区坂下 1-22-14　電話(03)5970-3840
[URL] http://www.shinshokan.co.jp/
印刷・製本：**図書印刷株式会社**

定価はカバーに表示してあります。乱丁・落丁本はお取替えいたします。
ISBN978-4-403-52215-4

S H I N S H O K A N

純情アイランド

イラスト／夏目イサク

島の生き神様同然の比名瀬《ひなせ》に好かれて以来、島から出られない港平《こうへい》。だが、純粋に自分を慕《した》う彼を可愛く思い始め……。

特別定価651円

斜向《はすむ》かいのヘブン

イラスト／依田沙江美

無口で無愛想《ぶあいそう》な上司・羽村《はむら》の意外に可愛《かわい》い趣味を知ってしまった九條《くじょう》。さらに彼は自身を吸血鬼だと言い!? 年下攻リーマンラブ♡

セブンティーン・ドロップス

イラスト／佐倉ハイジ

小学校の時転校してしまった江里口《えりぐち》と高校で再会した広久《ひろひさ》。可愛かった彼は驚くほど格好よくなっていて……?

204号室の恋

イラスト／藤井咲耶

二重契約で美大生の片野坂《かたのざか》と同居する羽目《はめ》になった袖上《ゆがみ》。生真面目《きまじめ》な袖上は大ざっぱな片野坂を好きになれず……。

虹色スコール

イラスト／佐倉ハイジ

以前はべったりだった友人の池上《いけがみ》が疎《うと》ましく、近頃は距離を置いていた律也《りつや》だが……? 大学生の等身大の恋愛模様♡

恋のはなし

イラスト／高久尚子

ゲイである自分に罪悪感を抱き、恋をしたことのない多和田《たわだ》。男性を紹介されることになるが、現れた新山《にいやま》は実は別人で……?

DEAR+ CHALLENGE SCHOOL

＜ディアプラス小説大賞＞
募集中！

トップ賞は必ず掲載!!

賞と賞金

大賞・30万円
佳作・10万円

内容

ボーイズラブをテーマとした、ストーリー中心のエンターテインメント小説。ただし、商業誌未発表の作品に限ります。

・第四次選考通過以上の希望者には批評文をお送りしています。詳しくは発表号をご覧ください。なお応募作品の出版権、上映などの諸権利が生じた場合その優先権は新書館が所持いたします。
・応募封筒の裏に、**【タイトル、ページ数、ペンネーム、住所、氏名、年齢、性別、電話番号、作品のテーマ、投稿歴、好きな作家、学校名または勤務先】**を明記した紙を貼って送ってください。

ページ数

400字詰め原稿用紙100枚以内（鉛筆書きは不可）。ワープロ原稿の場合は一枚20字×20行のタテ書きでお願いします。原稿にはノンブル（通し番号）をふり、右上をひもなどでとじてください。なお原稿には作品のあらすじを400字以内で必ず添付してください。
小説の応募作品は返却いたしません。必要な方はコピーをとってください。

しめきり

年2回　1月31日/7月31日（必着）

発表

1月31日締切分…小説ディアプラス・ナツ号（6月20日発売）誌上
7月31日締切分…小説ディアプラス・フユ号（12月20日発売）誌上
※各回のトップ賞作品は、発表号の翌号の小説ディアプラスに必ず掲載いたします。

あて先

〒113-0024　東京都文京区西片2-19-18
株式会社 新書館
ディアプラス チャレンジスクール〈小説部門〉係